少年飞花令

双字飞花

如◎编著

月明千里两相思

北方文藝出版社

图书在版编目（CIP）数据

月明千里两相思 / 宋琬如编著 . -- 哈尔滨：北方
文艺出版社，2020.10

（少年飞花令）

ISBN 978-7-5317-4839-7

Ⅰ . ①月… Ⅱ . ①宋… Ⅲ . ①古典诗歌 – 诗歌欣赏 –
中国 – 少儿读物②词（文学）– 诗歌欣赏 – 中国 – 古代 – 少
儿读物 Ⅳ . ① I207.2-49

中国版本图书馆 CIP 数据核字（2020）第 143884 号

月 明 千 里 两 相 思

YUEMING QIANLI LIANGXIANGSI

编　著 / 宋琬如

出 版 人 / 薛方闻　杨　晶
责任编辑 / 王　爽　　　　　　　封面设计 / 周　正

出版发行 / 北方文艺出版社　　　网　址 / www.bfwy.com
邮　编 / 150008　　　　　　　　经　销 / 新华书店
发行电话 /（0451）86825533　　地　址 / 哈尔滨市南岗区宣庆小区 1 号楼

印　刷 / 艺堂印刷（天津）有限公司　开　本 / 680×915　1/16
字　数 / 90 千　　　　　　　　　印　张 / 7
版　次 / 2020 年 10 月第 1 版　　印　次 / 2020 年 10 月第 1 次印刷

书　号 / ISBN 978-7-5317-4839-7　定　价 / 25.60 元

序言

彭敏

如果要用一个词来形容诗词对孩子的人生所起的作用，我认为是"点亮"。大文豪苏轼说得好："腹有诗书气自华。"读诗词和不读诗词，真的是两种完全不同的童年。美丽动人的诗词，会点亮一个孩子的人生，让他的灵魂像大海一样辽阔且丰盛。那些抑扬顿挫的韵律和百转千回的情思，会给孩子的想象力插上一对巨大的翅膀，让他们能够跨越浩瀚时空，去和李白、杜甫、苏轼这些伟大的灵魂执手言欢，促膝长谈。

《中国诗词大会》的热播，在全中国的孩子们当中掀起了一股读诗词、背诗词的热潮，飞花令游戏也风靡一时。常见的诗词选本都是按照诗人所处年代的时间顺序来编排，"少年飞花令"这套书却独辟蹊径，以飞花令为切入点，选取诗词中经常出现的常见字及组合进行编排，让孩子在阅读经典诗词的同时，还能遍览飞花令的诸多玩法，既提升了诗词储备量，也在无形中练就了飞花令的"绝技"。为了不让持续阅读的过程流于枯燥疲累，书中插入了许多趣味小故事，让诗人的形象变得更加丰富立体，不时还会有趣味诗词游戏，寓教于乐，劳逸结合，这样的阅读体验着实令人心旷神怡。

诗词是中国人的文化原乡，孩子们的精神沃土。愿天下喜爱诗词的孩子，都能从这套书里拥抱诗词的美好，感悟人生的真谛！

（彭敏，第五季《中国诗词大会》总冠军，中国作家协会《诗刊》社编辑部副主任）

前言

　　春城飞花时，秋篱雨落后，携一缕诗香，在流年中漫步，便是人生最美的遇见。读诗，读史；读词，读人。展卷阅诗词，不知不觉，便已将世间风景阅遍。无论辗转多少岁月，诗词的纯净至美都足以令人陶醉感怀。花前对月，泪里梧桐，栏杆斜倚，柳下松风，咏不尽的风物，诉不尽的真情；云涛晓雾，暗香蛙鸣，沧海渺渺中，自见壮怀山水。

　　飞花令，古代文人墨客宴饮时常行的一种助酒雅令。古往今来，有不少流传千古的名章佳句都是在行飞花令时即兴创作而得。俯仰上下，想到那时的盛况，纵然不能目睹，也能想见时人的文采风流、才思机敏。

　　读诗览胜，对词怀古，人生最美的旅行，便是乘诗词之舟，跨越千年，与名人雅士来一场穿越时空的邂逅。为此，我们精心遴选了历代诗词大家的经典之作，以飞花令的形式，为青少年读者量身定制了这套"少年飞花令"。

　　我们徜徉在诗词胜境中，既能看春夏秋冬四时之绚烂、观风霜雨雪各自妙景，又能品梅兰竹菊无双淡雅、阅鱼虫鸟兽自然性灵，不知不觉，便已沉醉其中。诗词千般，卷帙浩繁，不一样的格律、不一样的感喟，述的却是同一段历史、同一种悠情。

　　成人读诗，读的是人生；少年读诗，读的则是趣味，是品格，是志向。万里长天共月明，飞花有时最情浓。飞花令里读诗词，浮沉过往，让少年感知历史，鉴阅人生，以古知今，培一种性情，养一段雅趣。

玩转飞花令

古代飞花令

　　飞花令其实是中国古代一种喝酒时用来罚酒助兴的酒令，"飞花"一词出自唐代诗人韩翃的《寒食》中的"春城无处不飞花"一句。该令属雅令。一般来说，行令时选用的诗句不仅必须含有相对应的行令字，而且对该行令字出现的位置同样有着严格的要求。行令时首选诗和词，也可用曲，但一般不超过七个字。例如：

> 花开堪折直须折（"花"在第一字）
> 落花人独立（"花"在第二字）
> 感时花溅泪（"花"在第三字）

以此类推。可背诵前人名句，也可即兴创作。当作不出、背不出诗或作错、背错时，则由酒令官命其喝酒，算是一个小小的惩罚。

　　当然，飞花令并不局限于"花"字，诸如"月""酒""江"等经常在古诗文中出现的字都可以成为飞花令的行令字。

双字飞花令

　　历经时代变迁，飞花令在岁月流转中，演绎出了不同的玩法，双字飞花令便是其中的一种。它要求行令时一句诗词中含有相同的一个词语，对双字出现的位置没有要求。例如：

> 明月几时有
> 海上明月共潮生
> 我寄愁心与明月

以此类推。玩法较古代飞花令更加灵活，可以让孩子和大人一起参与，共同感受流传千古的诗词经典之美，让诗词在历史长河中熠熠生辉，影响一代又一代的中国人。

目录

注：★为小学必背古诗词
　　★为初中必背古诗词

相思

客从远方来

[东汉] 佚名

客从远方来，遗①我一端②绮③。
相去万余里，故人心尚尔④。
文采⑤双鸳鸯，裁为合欢被。
著以长相思，缘以结不解。
以胶⑥投漆中，谁能别离此？

❋注 释

①遗（wèi）：赠送。②端：形容布匹的量词。③绮：一种丝织品。④尔：如此。⑤文采：纹饰。⑥胶：和后面的"漆"都是极黏之物。

❋译 文

客人从远方而来，送我一端织有纹饰的素绫。它是万里之外的夫君捎来的，这丝丝缕缕都寄托着远方的夫君对我的思念。绮绫上织着一对鸳鸯，我将要用它做一床合欢被。被子里面用丝棉填充，被子的边缘用丝缕缀饰。仿佛胶投入了漆中，再也分不开。就让我和夫君像胶和漆一样，看谁还能让我们分开。

❋ 赏析

　　这首诗是《古诗十九首》中的一篇。诗浅白易懂，以"客从远方来，遗我一端绮"开首，引起我们的疑惑：是谁拜托客从远方捎回来一端绮呢？下句给出了解答——"相去万余里，故人心尚尔"。可将这句话看作独守空闺的妇人的感叹——我与你相隔万里，想不到你还是和先前一样思念着我，像我思念着你一般。"文采双鸳鸯，裁为合欢被"，这一端绮可以做什么呢？"鸳鸯"在古诗意象中常代表着夫妻恩爱。女主人公想到一个好主意：将其裁作合欢被。"著以长相思，缘以结不解"，女主人公心思慧巧，她赋予了合欢被更多的情愫：那长长的丝线是对你的思念，那打上的结是希望——我们以后像这解不开的结一样长相厮守。然而丝绵再长，也有到头的时候；缘结不解，也终究有松散的时候。"以胶投漆中，谁能别离此"，若是我们像胶放进漆中，难舍难分，便不会像现在这样分居两地，不得相见了。"别离此"三字如泣如诉。女主人公回到现实，发现自己与"故人"相隔千里，无法团聚，她的悲伤、怨念、痛苦的等待，都在这三个字中被酣畅淋漓地倾诉出来。

秋风词^①（节选）

[唐] 李白

秋风清，秋月明，
落叶聚还^②散，寒鸦^③栖复惊。
相思相见知何日？此时此夜难为情！

❋ 注 释

①秋风词：李白诗原题《三五七言》，后人归入词中，故名。②还（huán）：回到原处。③寒鸦：乌鸦的一种，又名慈乌、小山老鸹，《本草释名》记载："慈乌，北人谓之寒鸦，冬月尤甚也。"

❋ 译 文

秋天的风如此凄清，秋天的月亮如此明朗。风中的落叶聚了又散，使得栖息在树上的寒鸦都被惊起。不知道你我何时能再相见，此时此刻我心里多么悲伤，情何以堪。

❋ 赏 析

"秋风清，秋月明，落叶聚还散，寒鸦栖复惊"，诗的前四句写景，撷取了秋风、秋月、落叶、寒鸦四个典型意象，营造出深秋月夜所特有的那种亦清朗亦凄婉的氛围。如此夜晚，那么诗人在做什么呢？"相思相见知何日？此时此夜难为情！""此时此夜"，在他的眼中、心中只有那一轮月、一个人、一段思念！诗人笔力不凡，仅仅用三十个字，便勾勒出了一幅栩栩如生的深秋月夜怀人图，且留下许多想象的余地，令不同的读者都能从中产生不同的联想，情不自禁地随着诗人的絮语，陷入独属于自己的万千思绪中。

陕州^①月城楼送辛判官入奏^②

[唐] 岑参

送客飞鸟外^③，城头楼最高。
樽^④前遇风雨，窗里动波涛。
谒帝向金殿，随身唯宝刀。
相思灞陵^⑤月，只有梦偏劳。

❋注释

①陕州：今河南陕县。②入奏：入朝向君主进言或上书。③飞鸟外：言楼高，飞鸟不得上。④樽：酒杯。⑤灞（bà）陵：位于唐代长安（今陕西西安）东郊。

❋译文

在飞鸟绝迹的地方送朋友远行，那里是陕州城最高的楼。举杯间，狂风暴雨大作，窗外汹涌的波涛远远而来。你走向辉煌的宫殿去拜见圣上，随身只带着锋利的宝刀。从此以后我们相互思念，却再难相见，只有灞陵上空的月亮在梦里替我将你追寻。

❋ 赏 析

　　这首诗作于762年，当时岑参已将及天命之年，因此，相比于昔年洋洋洒洒之作，本诗少了些许浪漫瑰丽，却多了几分厚重情长。诗首联应题，开宗明义，表明是在送别。月城楼高，云天苍渺，城外路羊肠，天上飞鸟翔，浅浅十字，营造的却是一种淡而不伤的别离氛围。颔联，上承首联，由景及人，写了送别时的场景，窗外有风雨，黄河动波涛，觥筹之间，心绪自然难平。此联中，"波涛"一词用得极妙，既是对窗外滚滚黄河水的实景刻画，亦是对离别之际诗人起伏心绪的一种暗中表达。颈联，诗人笔锋一转，由实及虚，点明了辛判官入京的目的"谒帝向金殿"，也想象了他赴京途中的种种——"随身唯宝刀"，辞多慷慨，颇见激荡。尾联，诗人笔锋再次转折，以"灞陵月"表相思，以"只有"述离情，表达了迢迢路远，唯有梦中才能与君复见的怀思之情。

南歌子词二首（其二）

[唐] 温庭筠

井底点灯深烛①伊②，共郎长行③莫围棋④。
玲珑⑤骰子⑥安红豆，入骨相思知不知。

❋ 注 释

　　①深烛：这里是谐音，意为"深嘱"。②伊：人称代词，"你"。③长行：长行局，古代的一种博戏。④围棋：一种棋类游戏，谐音"违期"。⑤玲珑：精巧。⑥骰（tóu）子：博具，又叫色（shǎi）子。

❋ 译 文

深井里点亮蜡烛，深深地嘱咐你：这次远行我和你的心在一起，可千万不要忘了归期。精巧的骰子上嵌着那相思的红豆，你可知道那深入骨头里的正是我对你的思念。

❋ 赏 析

这首诗以女子的口吻，叙写了她对情郎的眷恋。"井底点灯深烛伊"，为何在井底点灯呢？原来"井底点灯"必然是深处之烛，隐喻"深嘱"，深深地嘱咐即将远行的男子。接下来"共郎长行莫围棋"，用"长行局"和"围棋"两种游戏的名字，一语双关，婉转地将心意说出，告诉男子不要误了归期。"玲珑骰子安红豆，入骨相思知不知"，接着从上面的"长行"引出"骰子"，用骰子上的红豆暗指对情郎的相思和惦念，对情郎难舍难离的爱。"入骨相思知不知"是全诗的点睛之笔，将女子的相思之苦、相思之深淋漓尽致地表达出来。这首诗大量使用谐音双关，独具一格，别有情致。

古诗词中一些词语常包含特定的含义，请你将下面的词语、含义及相关的诗句连起来。

鸿雁	相思	风吹柳花满店香，吴姬压酒劝客尝。
杨柳	书信	好把音书凭过雁，东莱不似蓬莱远。
梅花	送别	愿君多采撷，此物最相思。
红豆	高洁	零落成泥碾作尘，只有香如故。

诗词拾趣

苏幕遮①·怀旧

[宋] 范仲淹

碧云天，黄叶地。秋色连波，波上寒烟翠。山映斜阳天接水。芳草无情，更在斜阳外。

黯②乡魂，追旅思③。夜夜除非，好梦留人睡。明月楼高休独倚。酒入愁肠，化作相思泪。

❋ 注 释

①苏幕遮：词牌名。此调为西域传入的唐教坊曲。宋代词家用此调另度新曲。双调，六十二字。②黯：黯然伤神。③旅思：旅居在外的愁思。

❋ 译 文

青天白云，满地黄叶。天边的秋色和秋波相连，水波上笼罩着苍翠的寒烟。远山沐浴在夕阳的余晖中，天空和江水相连。不解相思之苦的芳草，一直绵延到夕阳之外的天尽头。

思念故乡不禁让人黯然神伤，羁旅的愁思无法排遣。每天夜里除非有好梦才能留人入睡。当明月照高楼时，不要独自倚靠。一杯杯洗涤愁肠的酒，都化作了相思的眼泪。

❋ 赏 析

上阕以秋景衬托乡情，"碧云天，黄叶地"，将秋日长空湛湛、黄叶飘飘之景象一笔括尽。"秋色连波，波上寒烟翠"，由秋天秋地而至秋水，一脉相承，天地之秋色远连浩渺秋水，水波浩渺，即水上之烟，也显示出了一片翠意。至此，天地因秋色而连成一片，意境也更为悠远。"山映斜阳天接水，芳草无情，更在斜阳外"，傍晚时分，夕阳映着远山，长空接着秋水，而凄凄秋草，则伸向斜阳之外，作者将秋日所见之景，细致描摹。下阕直承"芳草"而写乡思。"乡魂""旅思"，足见凄怆黯然，羁泊之愁苦，乡思之深切，显而易见。"夜夜除非，好梦留人睡"，乡愁乡思无可排遣，除非借好梦以遣之。"除非"二字意在言外：好梦无多，则乡愁无可排遣，亦只是无眠。"明月楼高休独倚"，明月照高楼，不眠而独倚，愁怀更甚，"休独倚"正见词人独倚高楼、愁人难寐的情状。"酒入愁肠，化作相思泪"，无可奈何之际，借酒消愁，孰料愁未消，而酒却变成了相思之泪。整首词上阕写景，下阕抒情，以阔远的景色写离愁，境界阔达。

玉楼春·绿杨芳草长亭路

［宋］晏殊

绿杨芳草长亭路，年少①抛人容易去。
楼头残梦五更钟，花底离愁三月雨。
无情不似多情苦，一寸②还成千万缕③。
天涯地角有穷时，只有相思无尽处。

❋ 注 释

①年少：指年轻人。②一寸：此处指一寸柔肠。③千万缕：指千万缕情思。

❋ 译 文

通往长亭的驿路，两旁绿杨垂柳，芳草萋萋。少年郎轻易地抛我而去。楼头五更的钟声将我从思念的残梦中惊醒，心头的离愁如同三月里洒在花底的春雨一般。

无情的人哪里懂得多情人的痛苦，一寸寸相思都化成了千思万绪。天涯地角总有穷尽的时候，只有相思了无尽头。

❋ 赏 析

这是一首闺怨词，词人以极度凝练的白描手法，形象地刻画出了一个思妇的内心世界。"绿杨芳草长亭路，年少抛人容易去"点出在绿柳依依的春天，在古道长亭之上，少年郎情浅意薄，抛下恋人远去。三、四句由"年少抛人"引出，以如神的笔触描写思妇的思念之情，同时反衬出少年郎的薄情。夜到五更时分，最是相思难眠；而飘雨的初春三月，也正是怀人季节。这两句语言精工细致而委婉缠绵，催人泪下。下阕两度使用反语，先以无情和多情的烦恼对比，反衬出"多情自古伤离别"的痛苦，继而以具体的形象来印证。无情不似多情之苦，那一寸芳心，由于蕴含着千愁万恨而化成了千万缕。这两句言近而旨远，是饱经沧桑、悟尽人间哲理的澄明的观照，所以情中更有思，意境也更为深远。末句以天涯地角有尽，而相思无尽，表明虽然由于"多情"而受到精神上的折磨，但一直无怨无悔，感情真切而含蓄，具有十分感人的艺术魅力。

青玉案·一年春事都来几

[宋] 欧阳修

一年春事都来几，早过了、三之二①。绿暗红嫣浑可事②。绿杨庭院，暖风帘幕，有个人憔悴。

买花载酒长安市，又争似、家山③见桃李。不枉④东风吹客泪。相思难表，梦魂无据，惟有归来是。

❀ 注 释

①三之二：指春天已经过了大半。②可事：指高兴的事。③家山：家乡的山。④不枉：不怪。

❀ 译 文

一年里的春光能占几分？如今已过了三分之二。绿意浓浓、红花团团都是快乐的事。可是在杨柳依依的庭院中、暖风吹动的帘幕里，却有一个人忧心忡忡、独自憔悴。

就算天天在长安买花载酒，又如何比得上在故乡赏桃李花开？不要怪怨春风吹落了异乡之人的眼泪。相思难以诉说，梦也没有痕迹，只有回到家乡才能如愿。

❀ 赏 析

伤春是宋词中的传统题材，而在欧阳修这里，却有一种与众不同的气质，一种静观自适的飘逸情怀。上阕惜春伤怀，写春光的消逝，写绿杨庭院、暖风帘幕的景致，写人的憔悴，没有过多渲染，也没有层层铺垫，伤感之情淡淡道来。下阕直抒胸臆，点明"憔悴"的原因：

在长安买花载酒固然是人生之幸事，但是又怎么比得上家乡那桃李盛开的自然风光呢？所以，指责"东风吹客泪"是没有用的，因为人的相思之情是难以言表的，人对家乡的眷恋也很难以梦境作为依托，只有归去才是唯一的途径。面对愁苦的现实，词人并没有过多地沉湎于悲伤怨恨之中，而是流露出一种淡然、恬静的归隐之意。

欧阳修以诗论菜

诗词拾趣

一日，欧阳修和朋友游山玩水归来，已过了午饭时间。欧阳修见到一个挂着"杏花村"酒旗的普通饭庄，觉得很是清静，便走了进去。店主人受宠若惊，将二人请到僻静房间。欧阳修点了几个下酒菜后便虚掩房门，与朋友举杯畅饮。然而，不到两炷香的时间，欧阳修便唤店主人结账。店主人问："欧阳大人，敝店酒菜如何？"欧阳修沉吟道："酒还不错，不过菜呢……"他和店主人要来纸笔，题了首打油诗："大雨哗哗飘过墙，诸葛无计找张良，关公跑了赤兔马，刘备抢刀上战场。"店主人看后，脸涨得通红。原来这四句说的是：无檐（盐）、无算（蒜）、无缰（姜）、无将（酱）。缺了这些调料的菜又怎么会让人满意呢？

鹧鸪天·醉拍春衫惜旧香①

[宋] 晏几道

醉拍春衫惜旧香。天将离恨恼疏狂②。年年陌上生秋草，日日楼中到夕阳。

云渺渺，水茫茫。征人归路许多长。相思本是无凭语③，莫向花笺④费泪行。

✳ 注 释

①旧香：遗留在衣服上的香泽。②疏狂：狂放不羁。③无凭语：没有根据的话。④花笺：精致华美、附有纹样的笺纸。

✳ 译 文

借着几分醉意拍打着春衫，回想起旧日春衫上的香泽。上天用离愁别恨来折磨我这个疏狂之人。小路上的秋草一年年地长起，夕阳一天天地照进楼中。

登楼远望，白云邈远，苍水茫茫，征人回家的路是多么长。相思的话本无处倾诉，又何必写在花笺上，枉费了泪千行。

✳ 赏 析

这首词描写了作者对往日欢乐生活的回忆，对于自己落拓一生的感慨和伤感寄寓其中。上阕重在从室内写离恨，"醉拍春衫惜旧香"，词人心中忧思郁结，不得发泄，"拍春衫"以发泄情绪。"旧香"写词人往日里与佳人的欢乐和甜蜜。"天将离恨恼疏狂"，言明自己本是狂放之人，却也为这离恨所恼，可见离恨之深。之后以"秋草""夕阳"这样伤感的意象，极力渲染出思念的深切。路上秋草年年生，实写征人归期无期；日日楼中独坐，实写离恨折磨之苦。下阕写景，云水苍渺，征人归途遥遥。结尾两句是无可奈何的自慰之语，话虽不多，但更添了几分伤感。"莫向花笺费泪行"，似是决绝之辞，却也是至情的表达。既然离恨这般深重，无法言表，如果再"向花笺费泪行"，那便是虚枉了。整首词意境深阔，感人至深。

寄陆务观①

[宋]杨万里

君居东浙我江西，镜里新添几缕丝。
花落六回疏②信息，月明千里两相思。
不应李杜翻鲸海，更羡夔龙③集凤池。
道是樊川④轻薄杀，犹将万户比千诗。

✳ 注 释

①陆务观：指陆游，其字务观。②疏：少。③夔龙：相传是舜的两个臣子。夔为乐官，龙为纳言之官。④樊川：指杜牧，其号樊川居士。

✳ 译 文

你住在浙东，我住在江西，照镜子时发现自已又长出了几缕白发。花开了又落，你我从杭州分开至今已有六年，虽很少有书信往来，但天上的明月最懂我们对彼此的思念之情。我们和李白、杜甫一样都是诗人，就不该去羡慕夔、龙那样在朝做官。别说杜牧太轻薄，他尚且还把千首诗看得比万户侯重要呢！

✳ 赏 析

这首诗作于1195年，此前作者和陆游都因触犯权贵而被贬。这一年，诗人被召入京任职，但他坚辞不就，并写了这首诗给陆游，奉劝陆游也不要再去做官，安心做个诗人。"君居东浙我江西，镜里新添几缕丝"，朋友二人分居两地，不觉间从镜子里看到自己又添几缕白发，感慨时间的易逝，年已老矣。"花落六回疏信息，月明千里两相思"，借花落写分别的时日已经很长了，借明月写朋友间的思念。"不应李杜翻鲸海，更羡夔龙集凤池"，杜甫在《戏为六绝句（其四）》中有"或看翡翠兰苕上，未掣鲸鱼碧海中"的句子。作者借此来劝朋友，不应该当了诗人，还去羡慕朝中的高官。"道是樊川轻薄杀，犹将万户比千诗"，借杜牧以诗为重一事，再次表达自己的见解。整首诗用典清新，委婉含蓄地表达了对官场的厌恶之情，以及对自由人格的追求。

鹧鸪天·元夕有所梦

[宋] 姜夔

肥水①东流无尽期，当初不合种相思。梦中未比丹青见，暗里忽惊山鸟啼。

春未绿，鬓先丝②。人间别久不成悲。谁教岁岁红莲③夜，两处沉吟各自知。

❋注释

①肥水：河名，源出安徽合肥西南山中。②鬓先丝：鬓间已有丝丝白发了。③红莲：指灯，红莲夜即指元宵灯夜。

❋译文

肥水向东流去，永远也流不完，我当初真不该种下这份相思。我梦里见到她，她却并不比画像更为清晰，然而这样的梦也常常被山鸟的叫声惊醒。

春天还没有出现绿意，我的头发已先长出白丝。我们离别太久，以至于一切伤痛都会被时间磨去。可不知道是谁，让我在这元夕之夜朝思暮想，只有你我的心里明白。

✳ 赏 析

姜夔年轻的时候在合肥与一个女子有过一段感情经历，这段经历让他铭心刻骨。这首词作于南宋宁宗庆元三年（1197）的元宵之夜，因为那时他做了一个梦，梦见了这段时光。词首句依然是从写景开始，但"肥水东流"便见情致，而"无尽期"则已见怨苦。这个地方令他想到了当初的甜蜜时光，然而如今只有痛苦，所以他说"当初不合种相思"，"种"字写得绝妙，不但极富意趣，而且形象地描绘出了这段情感的深挚。梦中他看不清女子的面目，就在这时，山鸟却啼碎了他的梦中相会。"春未绿"，本来正是青阳欲回之时，但奈何"鬓先丝"，人已老了，仍有久别之隐痛。结句之韵味深长而醇厚，意象精美而深婉，凄苦中又不乏甜蜜。

下列表达"相思"的诗词名句分别出自哪首诗词？

1. 山远天高烟水寒，相思枫叶丹。　　（　　）
2. 相思一夜梅花发，忽到窗前疑是君。（　　）
3. 惟有相思似春色，江南江北送君归。（　　）

A. 王维《送沈子归江东》
B. 李煜《长相思·一重山》
C. 卢仝《有所思》

诗词拾趣

明月

望月怀远

[唐] 张九龄

海上生^①明月，天涯共此时^②。
情人^③怨遥夜^④，竟夕^⑤起相思。
灭烛怜光满，披衣觉露滋。
不堪^⑥盈手^⑦赠，还寝梦佳期^⑧。

❋注 释

①生：升起。②共此时：在这个时刻都在赏月。③情人：多情的人，指作者自己；一说指亲人。④遥夜：长夜。⑤竟夕：终夜。⑥不堪：不能。⑦盈手：满握。⑧梦佳期：希望能在梦中相见。

❋译 文

皎洁的月亮在茫茫的海上升起，此时此刻远隔天涯的你我共赏一轮明月。有情人怨恨长夜漫漫，彻夜不眠对着月亮把远方的人思念。熄灭蜡烛，满屋的月光令人怜爱，我披起衣服深深感到夜露的

寒凉。双手捧着这皎洁的月色却不能赠给你，还是回到梦里与你相
见吧。

❋ 赏 析

　　这是一首经典的望月怀思之作。首句"海上生明月，天涯共此
时"为千古传诵之句，背景阔大，感情深挚，意境幽远含蓄。全句没
有一个奇特的字眼，没有一分点染的色彩，却自有一种雄浑大气的气
象，令人回味无穷。远隔天涯的人们，对月相思久不成寐，只觉长夜
漫漫。三、四两句，以"怨"字为中心，以"竟夕"呼应"遥夜"，
上承开头两句。夜已深，露已降，衣服已被润湿了。一个"滋"字不
仅有润湿之意，还有愁思滋生不已的意思。洒遍天涯的月光啊，我有
满腔的情意，却又无法传送，睡吧，睡吧，让我在梦中与你相见。诗
至高潮戛然而止，只觉余音袅袅，不绝如缕。全诗委婉曲折，情致
益然。

送柴侍御①

[唐] 王昌龄

沅水②通波③接武冈④，送君不觉有离伤⑤。
青山一道同云雨，明月何曾是两乡。

✾ **注 释**

①侍御：官职名，唐代称殿中侍御史、监察御史为侍御。②沅水：长江流域洞庭湖支流，流经贵州和湖南。③通波：水路通达。④武冈：地名，位于湖南。⑤离伤：离别时感伤的心情。

✾ **译 文**

沅水烟波浩渺，水路通达，一直连通到武冈，此时此刻你我离别，我却没有离别的感伤。那是因为你我两地青山相连，可以共享风的吹拂、雨的洗礼，共赏明月的皎洁，如此又怎会觉得是身处两地呢？

✾ **赏 析**

这是一首送别诗，题目中交代了送别的人物——柴侍御。"沅水通波接武冈，送君不觉有离伤"，语言浅近，向我们交代了柴侍御的所去之处——武冈。沅江水烟波浩渺，水路通达，一个"接"字

连通了两地，缩短了两地的距离，化"远"为"近"，所以才自然而然说出离别不觉得有伤感之情，表达明白晓畅、轻松自如，与以往的送别诗开篇奠定的感情基调不同。"青山一道同云雨，明月何曾是两乡"，一句肯定，一句反诘，运用了"青山""云雨""明月"等意象，来传达诗人真挚的情感。诗人在情感上，面对离别，未必不悲伤，却是用情至深。借助彼此青山相连、共沐风雨、共赏一轮明月来表现，既是对朋友的宽慰，也将彼此间真挚的友情表露无遗，对朋友分别后的思念溢于言表。

山居秋暝①

[唐] 王维

空山②新③雨后，天气晚来秋。
明月松间照，清泉石上流。
竹喧④归浣女⑤，莲动下渔舟。
随意⑥春芳⑦歇⑧，王孙⑨自可留⑩。

❋ 注 释

①暝（míng）：夕阳西下，傍晚。②空山：空寂的山野。③新：才。④竹喧：竹林中笑语喧哗。喧，吵闹，这里指竹叶的沙沙

声。⑤浣（huàn）女：洗衣服的姑娘。⑥随意：任由。⑦春芳：春天的花草。⑧歇：消逝。⑨王孙：原指贵族子弟，后来也用来指归隐的人。⑩留：居。这句是把淮南小山《招隐士》中"王孙兮归来，山中兮不可久留"的意思反过来用了，王孙实际上是指代自己。

☀ 译 文

雨后的山谷更加空旷，深夜的凉意使人感到秋天初到。明月当空清辉洒在松林间，清澈的泉水在石上轻轻流淌。竹林里喧喧作响，想必是洗衣姑娘带着笑语走来；莲叶轻摇，想必是渔人的小舟从上游下来。任凭春天的花草自然而然地消逝吧，秋天的山中美景自然可以留住我。

☀ 赏 析

《山居秋暝》是山水田园诗的巅峰之作，也是王维诗词中的传世经典。首联"空山新雨后，天气晚来秋"，"新雨"之"新"展现的不仅是雨后初霁的清新，更有人心怀豁达的欢欣。"空山"之"空"不仅是一种辽远开阔的暗喻，更是一笔小小的埋伏。山其实并不空，只不过是树木葱郁，以至于诗人只闻其声，未见其人罢了。颔联写青松笔挺，淙淙山泉如素练般于青石之上潺潺流泻，寥寥几笔，看似毫不着力，却于任意挥洒之间自然勾勒出了一幅山林图画。颈联开始绘人，月下修竹，竹叶动处，一片笑语喧声传来，却是浣衣的少女结伴归来。竹林畔，莲叶接天，夕阳西下时，叶片微动，纷纷侧向两旁，顺流而下的渔舟划破了这一派荷塘月色。青松、翠竹、清泉、明月、浣女、渔舟这一连串意象的出现，一幅幅图景的缀连，动中有静，情景相偕，而这如画的纯美图景，在凸显诗人志趣之高洁的同时，也让诗人生了流连退居之意。由是，也便有了"随意春芳歇，王孙自可留"之句。整首诗，诗人没有一字言归隐，也没有一语言官场污浊，但其中深意，却不言而喻。

诗词拾趣

请将春、夏、秋、冬分别填入下列诗句中。

1.　□尽杂英歇，□初芳草深。

2.　□风一夜吹乡梦，梦逐□风到洛城。

3.　十月江南天气好，可怜□景似□华。

4.　□浦长似□，萧条使人愁。

竹里馆①

[唐] 王维

独坐幽篁②里，弹琴复长啸③。

深林人不知，明月来相照。

※ 注 释

①竹里馆：辋川别墅一道美丽的景致，四周都是竹林，所以得此名。②幽篁（huáng）：深邃的竹林。③啸（xiào）：撮口发出清亮的声音，像吹口哨一样。

※ 译 文

我独自坐在幽深的竹林里，一边优雅地弹琴，一边放声长啸。我坐在竹林深处，没有人知道，只有明月的清辉把我照耀。

※ 赏 析

这是王维晚年的一首作品，其中充满着安然、祥和的气氛，于自然平淡之中彰显幽情。一个人坐于幽静的竹林之内，衬着清淡的月光，拨弄无心之琴弦，心与景相结合，人与天地融为一体。王维在早年便信奉佛教，其思想比他人更为超脱。当多年混迹于官场受挫之后，他向往归隐的情感更为强烈，内心深处对如今这种终于得偿所愿的静谧甘之如饴。于是，这样的心境使此诗虽写景状物，但不愿多加赘笔，幽篁、深林、一琴一啸，寥寥几笔便将一个独坐竹林深处，以琴韵啸音排解内心寂寞幽情的形象勾勒了出来。这首诗被后人视为妙境天成的匠心之作。

闻王昌龄左迁①龙标②遥有此寄

[唐]李白

杨花落尽③子规④啼，闻道龙标⑤过五溪⑥。
我寄愁心与⑦明月，随君⑧直到夜郎⑨西。

❋ 注 释

①左迁：古人以右为尊，以左为卑，故而将降职、贬官称为左迁。②龙标：古代地名，唐朝时置县，位于今湖南怀化一带。③杨花落尽：又作"扬州花落"。杨花，指柳絮。④子规：杜鹃。⑤龙标：这里指代王昌龄，古人常用官职或任官之地的州县名作为称呼。⑥五溪：指雄溪、满溪、潕溪、酉溪、辰溪，在今贵州东部、湖南西部。此说存有争议。⑦与：给。⑧随君：又作"随风"。⑨夜郎：唐代夜郎有三处，两个在今贵州桐梓，本诗中的"夜郎"在今湖南怀化境内。

❋ 译 文

暮春时节柳絮落尽，杜鹃鸟凄美地鸣叫着，我听说你被贬为龙标县尉，经过五溪。那就把我的愁思寄给皎洁的明月，让它和清风一起伴你到夜郎以西。

❋ 赏 析

唐玄宗天宝十二载（753），王昌龄因"不护细行"而遭贬谪，从江宁丞左迁至龙标县尉。当时身在扬州的李白听说了这个消息，有感而发，为好友写下了这首七言绝句。诗人开篇采用比兴手法，以杨花、子规描绘了扬州暮春时分的萧条景象，渲染出一种暗淡、哀伤的气氛。"杨花落尽子规啼"实在饱含深意，诗人不仅是借这一句交代时令、点染景色，也是寓情于景，表达自己在"闻道龙标过五溪"后，对友人遭遇远迁、客居他乡的惋惜和同情。"我寄愁心与明月，随君直到夜郎西"，则是直抒胸臆，这"愁心"是诗人对友人被贬谪一事的忧虑、愤慨以及殷殷关切所化，然而，诸般愁思和满腔关怀却不能与友人当面倾诉，远在扬州的诗人只能无奈地将心事寄予天上的明月，同时期望明月代替自己陪伴友人平安到达目的地。后两句想象惊人，笔势灵动，也成了千古名句。

月下独酌^①四首（其一）

〔唐〕李白

花间一壶酒，独酌无相亲。
举杯邀明月，对影成三人。
月既不解饮^②，影徒^③随我身。
暂伴月将^④影，行乐须及春^⑤。
我歌月徘徊，我舞影零乱。
醒时同交欢^⑥，醉后各分散。
永结无情游，相期邀^⑦云汉。

❋ 注 释

①独酌（zhuó）：一个人饮酒。②不解饮：不会饮酒。③徒：白白地。④将：和。⑤及春：趁着春光明媚的时候。⑥交欢：一起欢乐。⑦邈（miǎo）：距离遥远。

❋ 译 文

花丛间摆上一壶美酒，却无人相伴自斟自饮。举起酒杯邀明月对饮，于是辉映成影三个人。明月不会饮酒，影子也只是随着我的身体移动。我只好和它们暂时结成酒伴，春暖花开时要及时行乐。一边高歌，一边起舞，明月随我徘徊，影子随我移动尽显纷乱。清醒时一起欢饮，酣醉后各奔东西。愿我们结下忘情的友谊，约定日期在遥远的银河相见。

❋ 赏 析

开篇一个"独"字照应题目并引领全篇，是全诗情感所在，诗人的情感变化都与"独"字有关。诗人在花间饮酒却无人陪伴，渲染了孤寂的氛围。此时的诗人是孤独的，但诗人又是豁达的，所以大胆想象邀请明月对饮，与明月和影子组成三人。三人一起酣饮何其畅快，但又难免苦中作乐，尽显孤寂。况且明月、影子不会饮酒，只能暂时与之为伴，趁着这春天的美景及时行乐，进而宽慰自己，难掩失意之情。"我歌月徘徊，我舞影零乱"，这一句可以说是诗人酒到酣处的最好诠释，一边歌唱，一边起舞，月亮在"我"的身边徘徊，影子徒然地随着"我"的身体移动。诗人孤寂郁闷之情表达得淋漓尽致。尾句大笔一挥，怅然写道，即使你们是无情之人，我也要和你们在遥远的银河相见，可见其傲岸不羁的性格。看似饮酒寻欢、及时行乐，但难掩背后的失意与凄凉。

青门引^①·春思

[宋] 张先

乍暖还^②轻冷。风雨晚来方定。庭轩寂寞近清明，残花中酒^③，又是去年病。

楼头画角^④风吹醒。入夜重门静。那堪更被明月，隔墙送过秋千影。

✳ 注 释

①青门引：词牌名，又名《玉溪清》，双调五十二字。②还：忽然。③中（zhòng）酒：喝多了酒。④画角：军中彩绘的号角，用于鼓舞士气。

✳ 译 文

天气刚刚变暖，忽而有一丝清冷。风雨在傍晚才停歇。在清明节到来之前，庭院是如此寂寥，对着落花酣饮，这伤心病痛如同去年一样。

在楼头的号角声、风声中醒来。夜色渐暗，重门紧闭万籁俱寂。怎能受得了这皎洁的月光，隔墙送来少女荡秋千的倩影。

✳ 赏 析

"乍暖还轻冷。风雨晚来方定"写作者对天气变化的感受。"庭轩"几句由写天气转入对现实境况的描写，并点出时节是气候变化多端的清明时节。"寂寞"二字写环境，更是心境的表露。"残花"是"风雨"的结果，"中酒"实由"寂寞"造成。"又是去年病"则说明"寂寞"

由来已久，故而深重万分，情感更进一层。下阕紧承上文而来，进一步在对环境的描写中渲染情绪。"楼头画角"句兼写两种情绪。本想于醉中求得解脱，不料却被号角声惊醒，被冷风吹醒，号角声之惊耳与晚风之刺肤同时呈现出来。"入夜"一句以现实的景象象征痛苦的心情。到夜晚，重门深闭，将一切关在外面，只留下死一般的沉静。正当难以忍耐之时，明月偏又送来墙那边秋千的影子。秋千依旧，人却分离，高墙如山，连秋千也可望而不可即，孤寂之中平添几分思念。整首词巧妙地将听觉、触觉和视觉形象交织起来，以层层感触营造艺术境界，将人物多愁善感的心境写得入木三分。

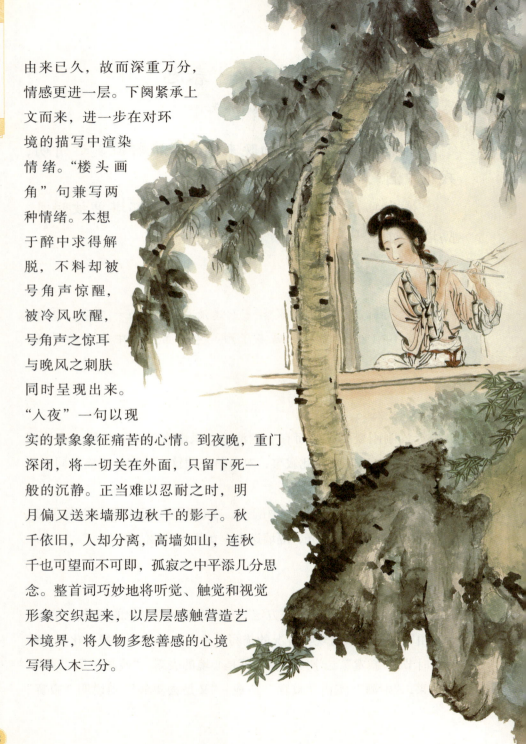

蝶恋花·槛①菊愁烟兰泣露

[宋] 晏殊

槛菊愁烟兰泣露，罗幕②轻寒，燕子双飞去。明月不谙③离恨④苦，斜光到晓穿朱户⑤。

昨夜西风凋碧树，独上高楼，望尽天涯路。欲寄彩笺⑥兼尺素⑦，山长水阔知何处！

✳ 注释

①槛（jiàn）：栏杆。②罗幕：丝罗的帐幕。③谙（ān）：熟悉，了解。④离恨：又作"离别"。⑤朱户：朱红色的大门，指大户人家。⑥彩笺：彩色的信笺。⑦尺素：小幅的丝织物，代指书信。

✳ 译文

栏杆外的秋菊在晨雾中仿佛是被愁烟笼罩，兰花上的露珠好像它饮泣的泪水，薄薄的帷幕也挡不住这秋寒，以至于横梁上的燕子都双双飞走了。明月不晓得这离别的伤感，已是拂晓时分，那缕清冷的月光还是穿过朱红的窗户斜射进我的房间。

昨夜秋风萧瑟，碧绿的树叶零落满地，我独自来到高楼之上，放眼远望那消失在天涯的道路。我想把这封充满诗情的书信寄给你，却是山高水长，不知你身在何处。

✳ 赏析

这首词是晏殊的名篇。词的主旨是表达离别后的伤痛，开篇便弥漫着浓浓的哀愁氛围：一个"愁"字奠定了词的感情基调，这一片"愁云惨雾"是其内心哀伤的体现。接下来两句点明主人公哀伤的原因是"离恨",可满腔离恨无处排遣,最后只能迁怒于无辜的明月!这是主人公浓烈情绪的呈现,也是词人突出"离恨苦"的精妙手法。上阕句句写景,对菊、兰、燕子和明月的拟人化,使得主人公的形象与心理同景色自然融合,达到了以景写人的艺术效果。下阕借树喻人,写绿树在一夜间就因秋风的摧残而凋零了,可见主人公受离别的影响之深,可他并不甘心就此放弃希望,于是爬上高楼眺望,哪怕望断天涯路,也呼唤着心上人的归来!然而,望尽天涯,所思之人何在?纵使想将书信寄予,也是山长水阔无从寄。词中"昨夜"三句为千古流传的佳句,王国维在《人间词话》中,还曾将之列为古今成大事业、大学问者必经三境界之一。

诗词拾趣

李白被称为"诗仙",杜甫被称为"诗圣"。你知道其他诗人的称号吗?试着连一连。

王维　　　　　　　　"诗鬼"

白居易　　　　　　　"诗佛"

李贺　　　　　　　　"诗魔"

贺知章　　　　　　　"诗奴"

贾岛　　　　　　　　"诗狂"

水调歌头①·明月几时有

[宋] 苏轼

丙辰中秋，欢饮达旦，大醉，作此篇，兼怀子由。

明月几时有？把酒问青天。不知天上宫阙，今夕是何年。我欲乘风归去，又恐琼楼玉宇②，高处不胜③寒。起舞弄清影，何似在人间。

转朱阁，低绮户④，照无眠。不应有恨，何事长向别时圆？人有悲欢离合，月有阴晴圆缺，此事古难全。但愿人长久，千里共婵娟⑤。

✽ 注释

①水调歌头：词牌名，又名《元会曲》《江南好》等。②琼楼玉宇：想象中月宫瑰丽的宫殿。③不胜 (shēng)：经不住。④绮 (qǐ) 户：雕饰华丽的门窗。⑤婵 (chán) 娟：本意指妇女姿态美好的样子，这里指代月亮。

✽ 译文

丙辰年的中秋节，我一直饮酒到天亮，酩酊大醉，写下这首词，同时怀念我的弟弟苏辙。

明月是何时高悬天空的呢？我举起酒杯试问寂寥的苍天。不晓得天上的宫殿楼阁，现在是何年何月。我想乘今晚的清风回到天上去，又害怕仙境之中亭台楼阁太高，站在上面禁不住寒冷。在月下翩翩起舞，清冷的月光斜照在影子上，这哪里像是在人间呢？

月光转过朱红的楼阁，透过雕花的窗户，照着辗转反侧、一夜无眠的我。明月不应该有什么遗恨吧，可为什么偏偏要在这充满惆怅的夜晚变圆呢？人有悲欢离合的变化，月有阴晴圆缺的转换，这种事情自古很难十全十美。只希望亲人们能够长长久久，千里之外共赏这一轮明月。

✳ 赏 析

这首词作于宋神宗熙宁九年（1076）的中秋节，当时苏东坡担任密州知州。"明月几时有？把酒问青天"，以反问开篇，笔力高妙。"不知天上宫阙，今夕是何年"，将自己仕隐抉择上的徘徊无奈的心态表达得淋漓尽致。"我欲乘风归去，又恐琼楼玉宇，高处不胜寒"，将关于月亮的传说——"广寒清虚之府"形象化，把出世入世的矛盾情感推向高潮。"起舞弄清影，何似在人间"，琼楼玉宇虽好，尚有高处畏寒之感，明月之下，大醉而舞，此情此景，恐怕这人间与天上别无二致。

"转朱阁，低绮户，照无眠"，下阕起首三句看起来是在写月光照人，实际是写自己与兄弟相隔千里之外的孤寂与思念。"不应有恨，何事长向别时圆"，明里写恼恨月之照人，实则说月缺为有恨，月圆应无恨。"人有悲欢离合，月有阴晴圆缺，此事古难全"，人之悲欢离合较之月的阴晴圆缺本无差别，千古如斯，原本让人感到悲伤之际，突然掉转笔锋，旷达之情凸显。"但愿人长久，千里共婵娟"，旷达之情更转入一种超脱之中。作者在此向所有的亲友尤其是自己的弟弟子由发出了真挚的祝福和安慰，在此明月夜，乡心处处同。

阳关曲^①·中秋作

[宋] 苏轼

暮云^②收尽溢^③清寒，银汉^④无声转玉盘^⑤。此生此夜不长好，明月明年何处看。

✦ 注 释

①阳关曲：词牌名，初时作《渭城曲》，后更名。因唐代王维诗作《送元二使安西》中的诗句"西出阳关无故人"而得名。此词又题为《阳关曲·中秋月》。②暮云：黄昏的云。③溢：因为充满而流出来。④银汉：指银河，古时又称为天河、星河、云汉、星汉。⑤玉盘：用玉做的盘子，这里指月亮。

✦ 译 文

日暮时分，空中云朵消散，天地间充溢着清寒之气，银河迢远无声，一轮明月升上天空，像玉盘般皎洁。一生中很少遇到这样美好的中秋夜晚，明年的此时，我们又会在哪里欣赏中秋的明月呢？

✦ 赏 析

这首词作于宋神宗熙宁十年（1077）中秋，叙写了词人和胞弟苏辙久别重逢、共赏中秋明月的乐事，同时也寄寓了不能长相聚的离愁。词作前两句描写中秋月景，颇得月明夜静之神趣。"暮云收尽"传递出黄昏的云朵缓缓飘移、悄悄散去的动感；用"清寒"形容月光，愈显月光之柔和幽静，以及诗人那难以名状的轻愁的心情；而一个"溢"字表示多、满出，既写明月之广，普照天地，又写月之清辉越来越亮，渐渐倾洒人间。这一句写出了景色随时间推移而转变的过程，十分传神。次句的"银汉无声"带给人天宇空阔，宇宙和时间神秘幽深的感觉，也衬托出了彼时夜之静谧。诗人与亲人难得在中秋佳节久别团圆，那为何没有过多交谈，只静静观赏"玉盘"在天上轻"转"呢？因为彼此默契十足，心心相印，所以"此时无声胜有声"！然而，恰似如水月光之"溢"，诗人的心绪也终究满"溢"了，凝成"此生此夜不长好，明月明年何处看"的赞与叹！赞，这个夜晚如此美好，月明，人团圆，"胜却人间无数"；叹，月将隐，人须散，明年离合难期，纵使"千里共婵娟"，到底意难平。

美人对月

[明] 唐寅

斜髻①娇娥②夜卧迟，梨花风静鸟栖枝。

难将心事和人说，说与青天明月知。

❋注释

　①髻（jì）：古代女子将头发挽于头顶或脑后的发结。②娇娥（é）：美貌的女子。

❀ 译 文

美丽的少女发髻斜梳，夜里迟迟不肯躺卧安眠。屋外风静梨花开，鸟栖梨花枝，一切如静止一般。女子满腹心事无法向人诉说，只有说给悬挂高空的明月，让它知道。

❀ 赏 析

在诗词作品中，以美人自况、以闺怨比拟内心苦闷是诗人常用的手法。唐寅的这首《美人对月》即一例典型。首句写人，描写的是夜深时分美人迟迟不得安睡。诗人仅用"斜髻"一词来描绘美人，求其一点而不及其余，着重刻画了美人发髻斜梳、慵懒烦闷的状态。次句写景，描绘了鸟儿栖息在梨花枝头的静谧画面。夜里无风，梨花、孤鸟、树枝都是静物，暗合了美人哀思凝滞的心情。看似写景，又是写人，"梨花风静鸟栖枝"，正好比喻斜髻美人孤卧床帏的场景，借景况人，人景交融。诗末两句描写美人的内心活动，点明"夜卧迟"的缘由：满腹心事无人诉说，只能寄语青天明月，以求慰藉。诗人在此处将女性那种思绪缠绵、欲说还休的心理刻画得细腻入微，又将"知音少，弦断有谁听"的无奈委屈尽显无遗。

画中诗，诗里画

　　诗中有画，画里藏诗。考眼力的时候到了，你能根据提示的关键字，写出藏在图画里面的三联古诗词吗？

把

出

杏

江南

汉乐府

江南可①采莲②，莲叶何③田田④。鱼戏莲叶间。
鱼戏莲叶东，鱼戏莲叶西，鱼戏莲叶南，鱼戏莲叶北。

❋ **注释**

①可：这里是适宜、正好的意思。②采莲：自古以来，江南吴、楚、越等地水道纵横，遍布池塘，多种植莲藕。每逢夏秋之际，许多少女乘小舟出没于莲丛中采摘莲蓬。古代诗歌中用"莲"字，与"怜"同音，亦表达"怜爱"之意。③何：多么。④田田：莲叶茂盛相连的样子。

❋ **译文**

江南又到了采莲的季节，莲叶茂密，层层叠叠，鱼儿在莲叶间嬉戏玩耍。鱼儿一会儿在莲叶的东边嬉戏，一会儿在莲叶的西边嬉戏，一会儿在莲叶的南边嬉戏，一会儿在莲叶的北边嬉戏。

❋ 赏 析

　　这是一首汉代乐府诗。这首采莲歌反映了采莲时的光景和采莲人欢愉的心情。首句"江南可采莲"，一个"可"字便透出讯息，采用比兴、双关手法，说江南是个采莲的好地方，也是个寻求爱情的好地方。"莲叶何田田"，写出莲叶的宽大茂盛，片片相接，连成一片，一笔即勾出荷塘的胜景，美不胜收。同时也以田田的莲叶暗指采莲姑娘人数众多，姿态丰美。"鱼戏莲叶间"，既然有水有莲，那自然是少不了鱼儿，鱼儿在干吗？在莲叶间游动嬉戏。活泼跳脱，动静相宜，这幅采莲图有了鱼儿的嬉戏，更加生动起来。后四句"鱼戏莲叶东，鱼戏莲叶西，鱼戏莲叶南，鱼戏莲叶北"，一气呵成，以"东、西、南、北"铺排，却不显呆板，反而极为生动，充分体现出反复咏唱的韵味。场景欢快、热烈，又广阔，充满了清新甜美的江南风情。

赠范晔诗

[南北朝] 陆凯

折花逢驿使①，寄与陇头②人。
江南无所有，聊赠一枝春③。

❋ 注 释

①驿使：古代递送官府文书的人。②陇头：陇山，在今陕西陇县西北。③一枝春：指梅花。

❋ 译 文

折梅花的时候正好遇到了驿使，于是就托驿使把花捎给身在陇头的朋友。江南没有什么可以相送的，就送你一枝报春的梅花吧。

❋ 赏 析

这首诗虽短小，却颇有情趣。"折花逢驿使"表明和友人相隔千里，无缘相见，于是只好托驿使送去问候。那么诗人寄送的是什么呢？不是书信，而是梅花，足可见二人之间的友情十分高洁真挚。"寄与陇头人"，所谓"陇头人"是指诗人的朋友范晔，他当时身处陕西陇县，而诗人在江南。"江南无所有，聊赠一枝春"，江南本是繁华之地，但显而易见，别的事物不能表达诗人对友人的情感，唯有报春的梅花最恰当，千里遥遥，寄托思慕之情。"一枝春"，借代春天，象征灼灼花开的春天的来临。这也是这首诗最出彩的地方，笔墨不多，引人联想。"一枝春"后世也成为梅花的代名词，宋代刘克庄的"轻烟小雪孤行路，折剩梅花寄一枝"，以及元代高启的"无限春愁在一枝"，都是袭取了陆凯"一枝春"的意境。这首诗语言朴素，却道出了真挚的友情，平淡中显出高雅的意趣。

感遇十二首（其七）

[唐] 张九龄

江南有丹橘，经冬犹绿林。
岂^①伊^②地气暖，自有岁寒心^③。
可以荐^④嘉客，奈何阻重深^⑤。
运命唯所遇，循环^⑥不可寻^⑦。
徒言树桃李，此木岂无阴^⑧。

❀ 注 释

①岂：难道。②伊：彼，那里，指江南。③岁寒心：《论语·子罕》记载："岁寒，然后知松柏之后凋也。"此指耐寒的品性。④荐：进献。⑤阻重深：指道路被重重阻隔。⑥循环：周而复始。⑦寻：探寻。⑧阴：同"荫"。

❀ 译 文

江南的丹橘树枝繁叶茂，历经冬天的严寒，也不凋零，绿意葱葱。难道是因为南方地暖水温吗？不是的，橘树本来就有一颗"岁寒"之心。红红的橘子本是献给贵宾的佳品，奈何重山叠岭，无法实现。命运遭遇的不同、世上万物循环的奥秘无法探寻。你只道是栽种争奇斗艳的桃树、李树，难道这丹橘就不能葱茏成荫？

❀ 赏 析

这是一首托物言志诗，以描写丹橘的情况来表白自身坚贞，虽身处下位，但一旦时危事艰，必能奋身而起，解危济困。丹橘品节如此，足以荐于嘉宾，获荣华筵，而今却处于偏远之地，不能自达。"奈何"一句，既写了丹橘无法得到进献的命运，也暗指诗人自己无法得到重用、被排挤的境遇。思来想去，诗人只能把这种遭遇归结到命运的循环往复上，索然萧条，无以复加。结尾处用反诘收束全诗，指责人们只顾栽种桃李，却无视丹橘。语义一变，留意于诗外，给读者不少想象的空间。诗中有不平，有愤慨，却从温柔敦厚的笔调中娓娓道来，不露痕迹。

江南逢李龟年①

[唐] 杜甫

岐王②宅里寻常见，崔九③堂前几度闻。
正是江南好风景，落花时节④又逢君。

✿ 注释

①李龟年：唐朝开元、天宝年间的著名乐师，受唐玄宗宠爱而红极一时。"安史之乱"后，李龟年流落江南，靠卖艺为生。
②岐王：唐玄宗李隆基之弟，名范，以好学爱才闻名，善音律。
③崔九：崔涤，因在兄弟中排行第九而得名。唐玄宗时任殿中监，并得到唐玄宗的宠信。④落花时节：暮春三月。

❈ 译 文

当年在岐王的家里常常见到您的演出，在崔九的堂前也多次听到您的音乐。没想到在这江南的美好时节里，花落之时，与你再度重逢。

❈ 赏 析

这首七言绝句作于唐大历五年（770）"安史之乱"发生之后，是杜甫在江南与李龟年相逢之后有感而写的。此诗看似平淡，却寓意深刻，诗意深沉凝重，透露出友人离散、时局衰败的悲戚感。前两句"岐王宅里寻常见，崔九堂前几度闻"写往昔之时诗人与李龟年的交往。李龟年是唐玄宗时期名满天下的乐师，只有名门贵族才有机会听到他精妙绝伦的演奏。而杜甫当时正值"开口咏凤凰"的年纪，正是意气风发、生气勃勃之时。"岐王宅里""崔九堂前"都是开元盛世时的文人聚居地，雅趣非常。在杜甫眼里，他与李龟年这样的文艺人物自然代表着大唐盛世最光鲜亮丽的一面。却看如今，那些赏识他们的王公贵族们早已不知去向，那盛世美妙的歌舞声乐随风飘散，只剩得两个孤苦无依的文艺者流落江南。回顾往昔，自是感慨颇多。

诗 词 拾 趣

你知道下面的诗句描写的是哪座江南名城吗？

1. 二十四桥明月夜，玉人何处教吹箫。（　　　）

2. 欲把西湖比西子，淡妆浓抹总相宜。（　　　）

3. 朱雀桥边野草花，乌衣巷口夕阳斜。（　　　）

4. 桃花坞里桃花庵，桃花庵下桃花仙。（　　　）

忆江南①（其一）

[唐] 白居易

江南好，风景旧曾谙②。日出江花③红胜火，春来江水绿如蓝④。能不忆江南？

☀注释

①忆江南：词牌名，原为唐教坊曲名，又称为《梦江南》《望江南》等。②谙（ān）：熟悉。③江花：指江边的花朵，也有人认为指江中的浪花。④蓝：指蓝草，可制成靛青色染料。

☀译文

江南的风光多么美好，我早已熟悉那里的风景。初春时，太阳从江面上升起来，把江边的花映照得比火还红，江水泛着像蓝草一样的绿波。叫人怎么能不怀念呢？

☀赏析

《忆江南》组词共三首，这是其中的第一首，总写江南的春景。作者开篇便直言对江南的印象在于一个"好"字，达到了先声夺人、引人入胜的效果。次句"风景旧曾谙"是过渡句，指出了江南之好在于风景，而这风景是作者"旧曾谙"的，如此一来，作者轻言慢述、凝神回忆的姿态也被勾勒出来了，引领读者随其共同探寻江南的美妙风景。第三、四句则具体落墨于风景上。首先，作者以"日出"时的江花、"春来"时的江水，来展开对这幅江南风景图的描绘。春天本就是万物复苏的季节，旭日东升时的景物更是别有一番妙趣。继而作者又以"红胜火""绿如蓝"等绚丽的色彩来夺人眼目，其用意自然在于强调江南相比于别处更美，更使人印象鲜明、难忘。末句承接上文，总结全词，同时照应开头的"旧曾谙"，点明题旨，发出"能不忆江南"的慨叹！

忆江南·江南忆

[唐] 白居易

江南忆，最忆是杭州。山寺月中寻桂子①，郡亭②枕上看潮头。何日更重游？

江南忆，其次忆吴宫③。吴酒一杯春竹叶④，吴娃⑤双舞醉芙蓉。早晚⑥复相逢？

❋ 注释

①桂子：桂花。②郡亭：以本词而言，郡亭多半是指杭州城东楼。③吴宫：即苏州西南部灵岩山上的馆娃宫，原是吴王夫差为西施而建。④竹叶：古时一种美酒名。⑤娃：美丽的女子。⑥早晚：何时。

❋ 译文

回忆江南，我最思念的是杭州。到天竺寺游玩，去寻找中秋的桂花；登到郡亭上，去看钱塘江江潮。何时能再次去游玩呢？

回忆江南，再来就是对苏州吴宫的回忆。饮一杯吴宫的竹叶美酒，欣赏一下吴宫歌女双双起舞的风姿，她们像一朵朵醉人的芙蓉花。何时会再次相逢？

✳ 赏 析

　　"江南忆"有两部分。第一部分忆的是杭州。词人以简淡精致的笔墨，对杭州天竺寺中秋日怒放的丹桂及钱塘江畔汹涌澎湃的海潮进行了描写。虽只是两段简约的生活场景，却将杭州的五彩斑斓尽数呈现在了读者面前。尤其是"寻"和"看"两字，貌似平实朴拙，却将诗人寻觅芳踪、怡然观景的自得与对杭州天然风物的眷恋，淋漓尽致地表现了出来。"江南忆"的第二部分，忆的是苏州。所谓"上有天堂，下有苏杭"。杭州有杭州的钟灵毓秀，苏州也有苏州的婀娜多姿。在词人的记忆中，苏州不仅有馆娃宫这样的风景名胜，还有醇香的竹叶青美酒，有舞姿翩跹、醉了红荷的吴依佳人。"吴酒一杯春竹叶，吴娃双舞醉芙蓉"，词人寥寥几笔，却将苏州的风物旖旎尽数勾勒。《江南忆》两首，看似各自独立，却又互为补充，在描绘苏杭人文、风物、风景之美时，淋漓展现了词人对江南、对祖国大好河山的眷恋与热爱。

白居不易

　　白居易十六岁时到长安参加科举考试。当时顾况是一位名士，很多人都到他那里去求教。白居易也带着自己的诗集去拜访顾况。顾况看到诗集上"白居易"三个字，便说："长安米价正贵，恐怕居大不易！"等到他披卷读到"离离原上草，一岁一枯荣。野火烧不尽，春风吹又生"这首诗时，大为惊奇，马上改变了语气，说："能写出这样的诗句，居即易矣！"从此，白居易诗名大振。

诗词拾趣

菩萨蛮① · 人人尽说江南好

[唐] 韦庄

人人尽说江南好，游人②只合江南老。春水碧于天，画船听雨眠。

垆边③人似月，皓腕凝霜雪。未老莫还乡，还乡须断肠。

❋注释

①菩萨蛮：词牌名，原为唐教坊曲，又名《子夜歌》《重叠金》等。②游人：指词人。③垆边：指酒家。垆，古时酒馆放酒瓮卖酒的土台子。

❋译文

人人都说江南好，来到江南的游人都应该待在那里直到老去。春日的江水比天空还要碧蓝，游人可以在彩绘的船上听着雨声入眠。

江南卖酒人家的女子长得貌美无比，卖酒时撩起袖子露出洁白如雪的双臂。年华未老的时候不要回到家乡，回去了一定会愁肠寸断。

❋赏析

韦庄作此《菩萨蛮》词共五首，这首词是其中第二首。上阕开篇二句便以浓厚真挚的感

情直接写江南之好，好到什么地步呢？即使是词人自己也愿意在这里安居到老！接下来两句则是对"好"的细化，"春水碧于天"写江南景色之美，"画船听雨眠"写江南生活的闲适，字里行间表现出浓浓的诗情画意。下阕的第一、二句承接上文，写江南佳人美好如月，连小酒馆里卖酒的女子也是"皓腕凝霜雪"。于是游人不由感叹：如此美好的江南，怎不让人想长居在此，不愿再回乡。但结合词人生平来看，本词并不是一首纯粹的江南赞歌。韦庄是为了逃避战乱才客居江南，对于他这个"游人"来说，江南再好，又怎抵得过思忆家乡、漂泊流离之苦？因此，"画船听雨"听的也许是愁雨，"垆边人"也令他想起了自己的妻子，而"未老莫还乡"句恰似一种反讽，点明自己希望还乡而不得的悲伤欲断肠。可叹事实也确实如此，诗人直至五十九岁才结束了"游人"生活。

满庭芳·蜗角[①]虚名

[宋] 苏轼

蜗角虚名，蝇头微利，算来着甚干忙。事皆前定，谁弱又谁强。且趁闲身未老，尽放我、些子[②]疏狂。百年里，浑[③]教是醉，三万六千场。

思量[④]、能几许，忧愁风雨，一半相妨。又何须，抵死[⑤]说短论长。幸对清风皓月，苔茵展、云幕高张。江南好，千钟美酒，一曲《满庭芳》。

✸ 注 释

①蜗角：蜗牛的触角，形容极其微小。出自《庄子·则阳》："有国于蜗之左角者，曰触氏；有国于蜗之右角者，曰蛮氏。时相与争地而战，伏尸数万，逐北旬有五日而后反。"②些子：一些子，一点儿。③浑：全部。④思量：考虑。⑤抵死：拼命。

✸ 译 文

微小的虚名薄利，有什么可为之奔忙的呢？名与利、得与失都是注定的，得到的人也未必强大，失去的人也未必弱小。趁着闲适未老时，放下约束，自在洒脱。哪怕只有百年的时间，我也愿醉上三万六千场。

沉思算来，一生中有半数的日子会布满忧愁，又何必拼命说长道短呢？何不面对着皓月清风，以青苔为席，以白云做帷帐。趁着江南的好风光，喝上千钟美酒，唱上一曲《满庭芳》。

✸ 赏 析

这首词大概是苏轼被贬黄州时所作。苏轼仕途受挫，不免有愤世嫉俗之语，但他并未为此所困，而是挣脱出来，给自己创造出一个海阔天空的精神世界。上阕写尽世人趋炎附势、争名夺利的丑态。词人巧妙地化用了《庄子·则阳》中精妙绝伦的比喻——所谓天下相争，于无穷宇宙而言，仅是于蜗角上的厮杀罢了。而建功立业、封妻荫子种种，更只是蝇头微利，"算来着甚干忙"，不值一谈。词人认为，命乃天定，又有谁能说得准。他放胆豪言——"且趁闲身未老，尽放我、些子疏狂。百年里，浑教是醉，三万六千场"，趁着如今逍遥自在，身还未老，不如让我疏狂放浪。人生不过百年，要醉便醉三万六千场。下阁更是潇洒出尘。词人沉思片刻，只觉得人生风雨，也只有一半相仿，余下一半仍是天霁云开，惠风和畅。抛却鸡毛蒜皮的尘世，词人放眼望去，只觉眼前空阔，美景无边——"幸对清风皓月，苔茵展、云幕高张"。当此好景，"江南好"三字由气象喷薄而出，词人把酒临风，"千钟美酒，一曲《满庭芳》"，歌声响遏行云，将全词感情推至高潮，读来只觉兴致高涨，豪气满腔。

念奴娇·断虹①霁雨

[宋] 黄庭坚

断虹霁雨，净秋空，山染修眉新绿。桂影②扶疏③，谁便道，今夕清辉不足？万里青天，姮娥④何处，驾此一轮玉⑤。寒光零乱，为谁偏照醽醁⑥？

年少从我追游，晚凉幽径，绕张园森木。共倒金荷，家万里，难得尊前相属。老子⑦平生，江南江北，最爱临风笛。孙郎微笑，坐来声喷霜竹⑧。

❋注释

①断虹：虹有一部分被云挡住了，所以叫断虹。②桂影：相传月中有桂树，所以月中树影被称为桂影。③扶疏：树枝繁盛、高低疏密有致。④姮（héng）娥：月中女神。汉时为了避汉文帝刘恒讳，

改名为嫦娥。⑤一轮玉：指圆月。⑥醽醁（líng lù）：酒名。湖南衡阳市东二十里有酃湖，其水非常清澈，为绿色，用来酿酒，味道醇美，名酃渌，又名醽醁。⑦老子：老夫，指作者自己。⑧霜竹：指笛子。

✳ 译 文

雨后的天空像被洗过一样，天上挂着一道彩虹，秀眉一般的山峦被雨水冲洗后泛着新绿。月宫里的桂树枝叶还那么茂密，怎么说今夜月亮不够明亮呢？万里晴空，嫦娥在何处？她驾驶着这一轮圆月，驰骋长空。月光零乱，为谁偏偏照着这坛美酒？

微凉的夜晚，我和一群年轻人一起在张园茂密的树林中幽寂的小径上徜徉，开怀畅饮。把手中的金荷叶杯斟满，离开家乡万里之遥，难得把酒欢聚。老夫我走遍江南江北，最喜爱听临风的霜笛。孙郎微笑着，吹出了更悠扬动听的旋律。

✳ 赏 析

这是一首言志词，当时作者被贬官于四川宜宾，可他并没有因此而郁郁寡欢。相反，其内心一直坚信自我之志必然得施，所以经常和朋友一起饮酒作诗。这次，和一群年轻朋友共饮时，有人当场吹起悠扬笛声，黄庭坚由当下之情引发内心之感，从而写下了这首洋溢着坚强、旷达、乐观、豪放的《念奴娇·断虹霁雨》。词的上阕写景，以"断虹霁雨，净秋空，山染修眉新绿"开启对当时如洗月色的描绘。其中"染"字用得极为传神，将远山连绵缥缈之势形容为美女的杨柳长眉，这份婉转多姿充分写活了如黛青山的生机感。而下阕则进入壮志之态，"老子平生"句奔放豪壮，深得后人钟爱。所谓老子，自然是老而弥坚，坦然大气之风了。作者恰恰以此情自喻，可见其壮志豪情满怀之势。

梅花落

[南北朝] 鲍照

中庭^①多杂树，偏为梅咨嗟^②。
问君^③何独然？念其霜中能作花，露中能作实。
摇荡春风媚春日，念尔零落逐寒风，徒有霜华^④无霜质。

※ 注 释

　　①中庭：庭院中。②咨嗟（jiē）：赞美。③君："偏为梅咨嗟"的诗人。④霜华：霜花。华，同"花"。

※ 译 文

　　各种树木生长在庭院中，却只为梅花赞叹。试问你为什么唯独赞美它？感念它能在风霜中开花，在寒露中结果。而那些在春天里随风摇曳、风姿妩媚的树，有的虽也能在风霜中开花，又随风摇落，没有耐寒的品质。

❋ 赏 析

　　这是一首杂言诗。开首即以"中庭多杂树，偏为梅咨嗟"提纲挈领，明白表态。庭中树木虽多，能得吾盛赞者唯有梅。在此，"杂树""梅"皆为指代，"杂树"象征朝中庸碌无节的士大夫，"梅"象征的则是世上旷达贤明、气度高洁之士。首句表态后，诗人以拟人的手法，一问一答的形式，另辟蹊径，对不爱杂树、只赞寒梅的原因做了详尽的阐述。"问君何独然"，为承上启下句，上承诗首之"偏为"，下启后文梅、树之对。其中，"念其霜中能作花，露中能作实"，状的是梅；"摇荡春风""徒有霜华"，鄙的是"杂树"。梅凌寒而立，能绽花于霜雪，凝实于寒露，不仅凌寒，更耐寒；而杂树，媚在春日下，摇曳于春风里，即便偶有能绽蕊霜雪中者，也不过昙花一现，用不了多久，便会在寒风中凋零。全诗气势充沛，个性强烈，给读者以震撼。

◆ 诗词拾趣

　　我国的"十大名花"是梅花、牡丹、菊花、兰花、月季花、杜鹃花、茶花、荷花、桂花、水仙花。而这些花名也经常出现在古诗词里，你能为下列诗句填上花名吗？

　　1. 人闲 ▢▢ 落，夜静春山空。

　　2. 接天莲叶无穷碧，映日 ▢▢ 别样红。

　　3. 待到重阳日，还来就 ▢▢ 。

　　4. 惟有 ▢▢ 真国色，花开时节动京城。

回乡偶书（其二）

[唐] 贺知章

离别家乡岁月多，近来人事半消磨①。
唯有门前镜湖②水，春风不改旧时波。

❋ 注 释

①消磨：逐渐消失、消除。②镜湖：在今浙江绍兴城西南，今已更名为"鉴湖"。贺知章的故乡就在镜湖边上。

❋ 译 文

离开家乡很多年，回到家后，感觉沧海桑田，人事变化很大，很多东西随着岁月流转消逝了。只有门前的镜湖水，在春风的吹拂下，依旧碧水微澜，不改以前的模样。

❋ 赏 析

《回乡偶书（其二）》虽然不及第一首有名，但细读来仍是别有韵味，能够引起人的无限哀思。"离别家乡岁月多"，首句起到了统领全篇的作用，顺利将后面的感情牵引出来。"近来人事半消磨"一句，笼统地将人事变化、世事多变的无奈写了出来。诗人回到家乡，本是为了漂泊的心灵能够在这片熟悉的土地上得到安慰，岂料故乡在岁月的消磨中，已经不似记忆中那般。故乡俨然已成了他乡。这种熟悉中的陌生感，让已经年老的诗人顿生无限惆怅。可在这处处的"变"中，诗人依然找到一处不变的风景——"唯有门前镜湖水，春风不改旧时波"。只有门前的镜湖水，春风拂过，碧水微澜，依然是记忆中那般模样。这一湖的柔波，映照的便是诗人依旧紧紧依靠着故乡、思念着故乡的心。

春思

[唐] 李白

燕①草如碧丝，秦②桑低绿枝。
当君怀归日，是妾断肠时。
春风不相识，何事入罗帏③。

❋ 注释

　①燕（yān）：指今北京、河北一带。②秦：今陕西一带。③罗帏（wéi）：丝织的帷幕。这里指女子闺房。

❋ 译文

　燕地的小草嫩绿如丝时，秦地的桑叶繁密，已经压低了树枝。当你怀念家乡盼望归来时，也正是我肝肠寸断的时候。春风啊，我和你素不相识，你为何潜入我的罗帐，引起我的相思呢？

"燕草如碧丝，秦桑低绿枝"这是对《诗经》中"兴"的手法的运用，所写都是春天的景物，草碧、桑绿本来很正常，但是燕、秦的比拟则一下子拉大了空间距离，这就营造出了一种"思"的氛围。仲春时节，秦桑低垂，秦地的思妇看到这一景象就自然而然地想到了远戍燕地的丈夫，那里也该是碧草如丝的景象了吧！何况丈夫看到那碧丝般的青草，也一定会生出归去的念头。在这里，诗人巧妙地化用了《楚辞·招隐士》中的"王孙游兮不归，春草生兮萋萋"，并且取得了浑然天成、不着痕迹的效果。三、四句承袭上文，将丈夫及春怀归，足慰离人愁肠这一情感活动表达了出来。五、六两句则意在表达主人公对感情的忠贞和执着，春风吹罗帷，如同外物的诱惑，而主人公则申斥春风，很微妙地揭示了主人公的情态，以此作结，妙不可言。

清平调三首（其一）

［唐］李白

云想衣裳花想容，春风拂槛露华①浓。
若非群玉山②头见，会向瑶台③月下逢。

❋ 注 释

①露华：带露之花。②群玉山：据《山海经》说，群玉山是西王母住的地方。③瑶台：据《拾遗记》说，昆仑山有瑶台，是西王母之宫。

❋ 译 文

见到云就想到你华美的衣裳，见到花朵就想到你美丽的容颜。春风吹拂着栏杆，露珠浸润着花蕊，花朵更显娇艳。你是如此国色天香，如果不是群玉山头所见的仙子，就是瑶台前月光下的神女。

❋ 赏 析

这首诗作于李白任翰林院院士时，他奉召进宫为唐玄宗与杨贵妃写新乐章。本诗开篇通过想象来塑造人物，把轻盈飘逸的云朵想象成了贵妃的艳丽服饰，把娇艳的花朵想象成了贵妃的绝世容颜。"云"与"裳"，"花"与貌，有着相似点，运用比喻这一修辞手法，把"美"这一抽象概念具体化，在想象之中一个绝美的贵妃形象映入眼帘，形象生动。接下来一句进一步点染，春风轻轻吹入围栏，露水浸润着花儿，在此渲染之下更显美人的风姿绰约。如此的国色天香唯有天上有，那就是天仙神女。所以诗人才会这样写道："若非群玉山头见，会向瑶台月下逢。"在此，诗人把贵妃想象成天仙神女，不露痕迹地赞叹了贵妃之美，轻盈、飘逸、朦胧，给读者以审美想象的空间，让读者去构设心中的贵妃形象，真可谓精妙至极。

诗词拾趣

《长恨歌》是唐代诗人白居易的一首长篇叙事诗。诗中的名句"回眸一笑百媚生，六宫粉黛无颜色"描写的是中国古代"四大美女"中的哪一位？

□ A. 西施　　□ B. 王昭君　　□ C. 貂蝉　　□ D. 杨玉环

登科①后

[唐] 孟郊

昔日龌龊②不足夸，今朝放荡③思无涯。

春风得意马蹄疾，一日看尽长安花。

❀注释

①登科：指参加科举考试中选，被录取。②龌龊（wò chuò）：原意有"污秽，品行不端"之意，本诗中指未被录取时的困顿、失意、愁苦之情。③放荡：原意有"放纵、行为不检点"之意，本诗中指录取后的快意、酣畅之情，无拘无束之感。

❀译文

往日的那些困顿、失意的日子已经不值得提及了，今天金榜题名是何等快意、神采飞扬。迎着浩荡的春风，快马加鞭，好像一天之中就看完了长安的繁花。

❋ 赏 析

　　本诗题目《登科后》交代了写作缘由，写诗人参加科举考试进士及第，奠定了本诗的感情基调。首句写自己往日的困顿之情，孟郊曾两次科考落榜，可见内心是何等失意。今朝金榜题名，往昔的困顿就显得微不足道了，"昔日"与"今朝"对比，更加突出此时此刻诗人及第时内心的畅快之情。一个得意扬扬、酣畅淋漓的诗人形象出现在我们眼前。"春风得意马蹄疾，一日看尽长安花"，这两句把诗人高涨的情绪具体化了。"春风"既可以指自然之景，又可以指代皇恩浩荡。在和煦春风里快马加鞭，掩饰不住喜悦，情景交融，浑然天成。长安街何等繁华，春花何等繁密，人马何等密集，又怎会一日看完呢？只是在诗人看来，今日金榜题名时马儿飞驰，比平时要快很多，可以一日看尽，可见诗人内心是何等欢快，情感真挚，溢于言表。

寄蜀中薛涛①校书②

[唐] 王建

万里桥③边女校书，枇杷花里闭门居。
扫眉④才子于今⑤少，管领春风总不如。

❋注 释

①薛涛：唐时成都乐伎，有才情，为蜀中四大才女之一。②校书：古代掌管校理典籍的官员。据传韦皋坐镇蜀地时薛涛曾担任此职，所以被称为"女校书"。③万里桥：在成都南锦江上。④扫眉：画眉，为女子的代称。⑤于今：到今时。

❋译 文

万里桥边居住着一位女校书，在枇杷花的掩映中，可见她紧闭的门扉。如今巾帼才子已经很难遇到了，即使是文采斐然、独领风骚的才学之士也不如她。

❋赏 析

薛涛是唐代著名女诗人，据传她因文秀词丽，曾为韦皋做校书，时人称为"女校书"。"万里桥边女校书，枇杷花里闭门居"，万里桥边住着一位女校书，枇杷花掩映中，可见她深闭的门扉。诗人在"女校书"的真实面貌上蒙上了几层遮掩之物——一层万里桥，一层女校书，一层枇杷花，一层深闭门，将薛涛的真实面貌深藏在面纱之后，幽静院中的佳人也因此更具神秘感。但诗人的笔触已经隐隐透露出这位佳人的品性：她深居简出，静水流深，更见幽窅（yǎo）宁谧；她身负盛名，却不借势牟利，而是隐居世外，不与红尘纠缠。"扫眉才子于今少，管领春风总不如"，巾帼才子今难见，但薛校书却成文坛翘楚，这一句写尽了王建对薛涛的倾慕。在他眼中，薛涛独领风骚，春风不如。情感真挚，跃然纸上。

春风

[唐] 白居易

春风先发①苑中梅，樱杏桃梨次第开。
荠花榆荚深村里，亦道春风为我②来。

✹ 注 释

①发：开。②我：指荠花、榆荚，此处暗指地位不高的人。

✹ 译 文

春风先吹开了花园中的早梅，随后樱花、杏花、桃花、梨花也竞相开放。村里村外的荠菜、榆钱儿也长势繁盛，摇曳身姿，向世人说道："春天是为我而来。"

✹ 赏 析

这是一首咏春诗。诗虽浅显，但情绪饱满，其所状之景、所抒之情尤显春日之生机。通读全诗，仿若在我们眼前铺开一张画纸，作者径自信手涂抹开来：春风吹来，院中之早梅先响应春之气息，率先绽放。受到梅花的召唤，樱花、杏花、桃花、梨花无不纷纷开放，瞬间成就了百花争艳、春意盎然之景。而那些郊外乡村的野菜、榆树也不甘寂寞，随着春风摇摆身姿，如同在自我沉醉。如此一派生机勃勃之景象，诗人却完全不赘多言，所谓花有花语，树有树音，似乎它们完全可以在不同的季节为自己传播不同的意思，从而轻易感染欣赏他们的人一样。由此也足可以看出，白居易作诗之"易"恰恰是符合了"自然天成"的现实，使得春之生机呼之欲出，如此又何须再费尽心思来描摹春景呢？

南园①十三首（其一）

[唐] 李贺

花枝②草蔓③眼中开，小白长红④越女⑤腮。

可怜日暮嫣香落，嫁与春风不用媒。

❋注 释

①南园：李贺家住河南福昌的昌谷，其地有南、北两园，南园是李贺当年读书的地方。②花枝：指木本花卉。③草蔓：指草本花卉。④小白长红：写花的颜色，意思是红的多，白的少。⑤越女：西施为越国女子，越女在这里指容貌美丽的女子。

❋译 文

绿草如茵，百花绽放，放眼望去有的是白色的，有的是红色的，白色的花星星点点，红色的花连绵成丛，十分艳丽，就像女孩的香腮。可是日暮降临，花朵黯然垂落凋零，随风而逝，就像那没有媒人而草草出嫁的女儿一样凄婉。

✳ **赏 析**

　　《南园十三首》是李贺辞官归乡后的写景咏怀之作。这是其中第一首。这是一首描摹南园景色、慨叹春暮花落的小诗。诗的前两句写花的美好姿态。"花枝"与"草蔓"二者一刚一柔，一高一低，给人以强烈的立体感。次句写花色，"小白长红"四字是新奇语，本指白花星星点点，红花连绵成丛，将其和后面的"越女腮"连看，可令人产生对美人容貌的联想：一抹腮红之下微露出白皙的肌肤，甚是娇羞妩媚。第三句从花开转到花落。"可怜"二字写尽诗人惜花之情，也融入了对自己身世的感伤。末句顺势而下，造成两方面的审美效果：从人的角度看，意味着美人迟暮，不用媒妁，已然出嫁；从花的角度看，则意味着落花径自"嫁给"了春风，随它飘去。"不用"二字流露出年华易逝的感叹和身世飘零的无奈。

菩萨蛮·半烟半雨溪桥畔

[宋] 黄庭坚

　　半烟半雨溪桥畔，渔翁醉着无人唤。疏懒①意何长，春风花草香。

江山如有待，此意陶潜^②解。问我去何之，君行到自知。

✿ 注释

①疏懒：本意"懒惰"，这里指人闲适、放松的状态。②陶潜：即陶渊明。

✿ 译文

溪桥畔春雨迷蒙，烟雾弥漫，没有人去唤醒醉酒的渔翁。渔翁的那种闲适之情真是意味深长，春风拂来，飘来缕缕花草香味。

江山如果有所期待，也就只有陶渊明能够理解这其中的意蕴。你若问我离开要到哪里去，你随行走到那儿自然就会知晓。

✿ 赏析

词的上阕通过"烟雨""渔翁""春风""花草"等意象，为我们勾画了一幅烟雨迷蒙、渔人疏懒、花香四溢的桥畔春景图，营造了静谧安闲的氛围，给人以想象与期待，让人仿佛已经置身于那烟雨中、渔翁边、春风里，能够感受到烟雨的温柔、渔翁的惬意、春风的妩媚、花草的幽香。"春风花草香"是杜甫《绝句》中的诗句，在这里词人巧妙地移用到自己的词中，却浑然天成，自然而然地让人联想到"迟日江山丽"，进而开启下阕的抒写，展开与大自然的对话，把期待赋予了江山，而其中的韵味只有山水田园诗的鼻祖陶渊明最为理解。此时词人的情感也表露无遗，他向往这种田园隐逸生活，在结尾处说明，要问我去哪里，随我行走便会知晓，言简意深，耐人寻味。

诗词拾趣

请根据下面提供的字，写出四句诗。

春	醉	风	一	夜	梨	万
忽	长	烟	二	天	草	月
飞	千	如	来	春	堤	杨
拂	莺	开	树	柳	树	花

句1

句2

句3

句4

寄黄几复①

[宋] 黄庭坚

我居北海君南海②，寄雁传书谢不能。

桃李春风一杯酒，江湖夜雨十年灯。

持家但有四立壁③，治病不蕲④三折肱⑤。

想得读书头已白，隔溪猿哭瘴溪⑥藤。

❋ 注 释

①黄几复：指黄介，字几复，南昌人，是黄庭坚少年时的好友。②我居北海君南海：这首诗跋言里说到"几复在广州四会，予在德州德平镇，皆海滨也"。③四立壁：家徒四壁。④蕲（qí）：祈求。⑤三折肱（gōng）：《左传·定公十三年》载"三折肱知为良医"。意思是说几次断臂，就能懂得医治断臂的方法。此处指代良医。⑥瘴（zhàng）溪：岭南之地多瘴气。

❋ 译 文

我住在北方海滨，你住在南方海滨，我写信托付给鸿雁寄给你，却不能到达。想当年，你我在桃李下、春风中，把酒言欢；现如今我们分别多年，天各一方，只能在夜晚孤灯下彼此思念。想你持家却家徒四壁，古人三折肱后便成良医，但我希望你不要如此。想来你守着清贫刻苦读书，如今两鬓斑白，隔着充满瘴气的山溪，猿猴哀鸣，攀援着深林里的青藤。

❋ 赏 析

这首诗作于宋神宗元丰八年（1085），此时黄庭坚正在德州德平镇。黄几复是黄庭坚少年时的好友，多年友情实为深厚。此时黄几复正担任四会县的知县。四会县远在岭南，诗人写下这首律诗，以寄托自己对好友的挂念与关怀。"我居北海君南海，寄雁传书谢不能"，遥远的地理距离将诗人的思念拉得更长。书信难至，诗人的思念无处着落，便更加难熬。"桃李春风一杯酒，江湖夜雨十年灯"，颔联时空跨度十分大，从年少的相知相伴，到分别后的遥寄思念，言简意深。"持家但有四立壁，治病不蕲三折肱"，诗人从颈联开始寄语友人，倾吐自己对友人境遇的同情，寄托对好友的勉励与关怀。"想得读书头已白，隔溪猿哭瘴溪藤"，家中清贫，加之十年寒窗，少年白头，如今又在这岭南瘴气之地煎熬，好友黄几复的悲惨境地诗人无不了然于心，他对此给予了万分的悲痛与哀叹。

黄庭坚巧对舅父

诗词拾趣

　　黄庭坚小时候聪颖过人，读书数遍就能背诵。舅舅李常到他家中做客，从书架上随便取书考问他，他都对答如流。李常很惊讶，认为他是千里之才。黄庭坚七岁时，就作了一首写牧童的诗："骑牛远远过前村，吹笛风斜隔岸闻。多少长安名利客，机关用尽不如君。"小小年纪，就显示出不凡的诗才。有一天，李常照例来到他家，见黄庭坚在伏案读书，就想试一试他的才学。李常见院内有一棵桑树，便以桑、蚕、茧、丝、锦缎之间的关系为题，吟出上联："桑养蚕，蚕结茧，茧抽丝，丝织锦绣。"黄庭坚略一思索，他从手中握的那管毛笔得到启发，立即对出下联："草藏兔，兔生毫，毫扎笔，笔写文章。"李常见他这个小外甥果然才思敏捷，后来越发器重栽培他。

故乡

木兰诗①

[南北朝] 佚名

唧唧②复唧唧，木兰当户织。不闻机杼声③，唯④闻女叹息。

问女何所思，问女何所忆。女亦无所思，女亦无所忆。昨夜见军帖⑤，可汗⑥大点兵⑦，军书十二卷⑧，卷卷有爷⑨名。阿爷无大儿，木兰无长兄，愿为市⑩鞍马⑪，从此替爷征。

东市买骏马，西市买鞍鞯⑫，南市买辔头⑬，北市买长鞭。旦辞爷娘去，暮宿黄河边，不闻爷娘唤女声，但闻黄河流水鸣溅溅⑭。旦辞黄河去，暮至黑山⑮头，不闻爷娘唤女声，但闻燕山胡骑鸣啾啾。

万里赴戎机，关山度若飞。朔气传金柝⑯，寒光照铁衣。将军百战死，壮士十年归⑰。

归来见天子，天子坐明堂⑱。策勋⑲十二转⑳，赏赐百千强。可汗问所欲，木兰不用尚书郎，愿驰千里足，送儿还**故乡**。

爷娘闻女来，出郭相扶将；阿姊闻妹来，当户理红妆；小弟闻姊来，磨刀霍霍向猪羊。开我东阁门，坐我西阁床。脱我战时袍，著我旧时裳。当窗理云鬓，对镜帖㉑花黄㉒。出门看火伴㉓，火伴皆惊忙：同行十二年，不知木兰是女郎。

雄兔脚扑朔，雌兔眼迷离；双兔傍地走，安能辨我是雄雌？

✻ 注释

①木兰诗：南北朝时北方的一首乐府民歌。②唧（jī）唧：纺织机的声音，一说为叹息声，意指木兰叹息，无心织布。③机杼（zhù）声：织布机发出的声音。杼，织布的梭子。④唯：只。⑤军帖（tiě）：征兵的文书。⑥可汗（kè hán）：古代西北少数民族对于君主的称呼。⑦大点兵：大规模征兵。⑧军书十二卷：意为军书有很多卷；十二卷，表很多卷，虚指，下文中"十二年""十二转"用法与此处同。⑨爷：北方称父亲为"爷"，与下文的"阿爷"一样，都是指父亲。⑩市：名词作动词，此处为买。⑪鞍马：马匹和乘马用具。⑫鞯（jiān）：马鞍下的垫子。⑬辔（pèi）头：驾驭牲口用的嚼子、笼头和缰绳。⑭溅（jiān）溅：水流激荡的声音。⑮黑山：《北史·蠕（rú）蠕传》载"车驾出东道，向黑山"。今在

内蒙古呼和浩特东南。⑯朔（shuò）气传金柝（tuò）：北方的寒气传送来打更的声音。朔，北；金柝，刁斗，古代军中用的一种铁锅，白天做饭，夜间报更，一说金为刁斗，柝为木柝。⑰将军百战死，壮士十年归：此两句用互文修辞，原意为，将军和壮士身经百战，十年打拼才得以归来。⑱明堂：古代帝王祭祀、选拔、接见诸侯时所用的殿堂。⑲策勋：记功。⑳转：勋级每升一级为一转，十二转为最高的勋级，而本处的"十二转"是虚指。㉑帖：同"贴"。㉒花黄：当时女子的一种装饰品，将金色的纸剪成各种花样贴在脸上，或在额上涂一点黄的颜色。㉓火伴：同伍的士兵，因在同一个灶吃饭，所以称"火伴"。

✳ 译 文

织布机发出唧唧的声音，木兰对着房门在织布。没有听见织布机的声音，只听见木兰的叹息声。

试问木兰你在想什么？你在思念什么？木兰我也没想什么，没思念什么。昨天晚上看到军中的文告，君王要大量征兵，文告有很多卷，每卷上都有父亲的名字。父亲没有大儿子，我没有兄长，木兰愿意替父亲去买鞍马，代替父亲去战场征战。

去东市买了好马，到西市买了鞍垫，去南市买了辔头，到北市买了长马鞭。在早上与父母辞别上路，在晚上露宿在黄河边上。听不到父母呼唤女儿的声音，只听见黄河水啾啾流淌的声音。早上离开黄河向前出发，晚上到达了黑山头。听不见父母呼唤女儿的声音，只听见燕山胡马啾啾的嘶鸣声。

木兰奔赴万里之遥的战场，像飞一样跨过一道道关、一座座山。北方的寒气中传来打更的声音，寒冷的月光照在护身的铠甲上。将军与壮士身经百战，历经十年，才得以归来。

归来后朝见天子，天子坐在明堂上，给木兰记功多次，赏赐很多财物。天子问木兰想要什么，木兰说不想当大官，希望骑上千里马，回到自己的家乡。

父母听说木兰回来了，互相搀扶着在城外迎接；姐姐听说妹妹回来了，对着窗户整理妆容；弟弟听说姐姐回来了，霍霍地磨刀杀猪羊。打开我东阁的房门，坐在我西阁的床上。脱下打仗时穿的战袍，穿上我以前穿的衣裳。对着窗户梳理我的头发，对着镜子贴上花黄。走出房门见一起打仗的伙伴，伙伴都非常惊讶：一起打仗多年，竟然不知道木兰是女子。

提起兔子耳朵，雄兔脚扑腾，雌兔眼睛迷离，两只兔子一起挨着地面跑，怎么能分辨哪个是雄兔，哪个是雌兔呢？

❀ 赏 析

这是一首长篇叙事诗，讲述了名为木兰的女子女扮男装，替父从军，胜利归来，只求与家人团聚的颇有传奇与浪漫主义色彩的故事。本诗开篇写"不闻机杼声，唯闻女叹息"，这两句可谓是制造了足够的悬念——木兰究竟为何而叹息呢？下文紧承，层层剥开。原来她要替父从军！本诗至此，寥寥几句，一个胸中有大义、心头有小家的刚柔并济的女子形象便已经跃然纸上。于是下文中，作者便写了木兰行军前的准备，行军与战争过程，作者更是不惜运用排比、对偶，极力渲染了环境的严酷肃杀。木兰身经百战，十年得归！在面对天子赏赐之时，拒高官厚禄，唯愿早日还乡，人物形象更加丰满。返乡之时亲人开心团聚，伙伴惊讶，结尾处的暗喻则给人以俏皮趣味之感。本诗用词精当、结构完整，人物形象生动。本诗虽然为战争题材，却将一个国事家事皆在心间，上战场则英姿飒爽，回乡里则尽显女儿娇态的人物形象塑造得有血有肉。同时，在情节的展开与人物形象的塑造上，本诗兼顾铺陈、排比、对偶、互文手法，刻画描摹出的环境与人物，生动细致，同时朗朗上口，具有极强的艺术感染力，成为广为传唱的名篇。

杂诗三首（其二）

[唐] 王维

君自**故乡**来，应知故乡事。
来日①绮窗②前，寒梅著花未③？

❋ **注 释**

①来日：自故乡动身那天。②绮窗：镂花的窗户。③著花未：开花没有。

❋ **译 文**

您刚从家乡来，应该了解家乡的事。您来时我家雕满花纹的窗户前的梅花开了没有？

❋ **赏 析**

诗中刻画的人物是一个久在异乡的人，忽然遇到来自故乡的老朋友，首先激起的自然是强烈的乡思，是急欲了解故乡风物、人事的心情。起首两句，正是以一种不加修饰、接近于生活的自然状态的形式，传神地表达了"我"的这种感情。一个人对故乡的怀念，总是和那些与自己过去生活有密切关系的人、事、物联结在一起。但引起亲切怀想的，有时往往是一些看来很平常、很细小的事情，这窗前的寒梅便是一例。它可能蕴含着当年家居生活中有趣的事情。所以，这株寒梅就不再是普通的梅花了，它凝结着一种乡思。诗人借物言情，将对故乡和亲人的思念表现得含蓄而不失浓烈。

渡荆门①送别

[唐] 李白

渡远荆门外，来从楚国游。
山随平野②尽，江入大荒③流。
月下飞天镜，云生结海楼④。
仍怜故乡水⑤，万里送行舟。

❋ **注 释**

①荆门：山名，在今湖北宜都西北，临长江。②平野：大平原。③大荒：无边的原野。④海楼：海市蜃楼。光折射产生的虚幻景象。⑤故乡水：指长江水。诗人早年住在长江上游的四川。

❋ **译 文**

我乘着船远渡而来，到达荆门之外，来到战国时的楚国境内游览。

山峦随着旷野而渐渐到达尽头，江水在空旷的原野中奔流。月光一泻千里犹如天空的镜子，云层缔结成海市蜃楼。我仍然怜爱这故乡的江水，不远万里送别我远行的小舟。

✳ 赏 析

　　这首诗是李白出蜀远游时所作，途经荆门山，写了这首诗以抒情。"渡远荆门外，来从楚国游"，青年诗人经巴蜀，出三峡，渡荆门，远游楚国故地。"山随平野尽，江入大荒流"，出荆门以后，诗人视野开阔，大山逐渐隐去，原野异常空阔，将原本沉重的景象描绘得活跃了起来。长江之水涌出荆门，向茫茫原野奔流而去，一个"入"字刚劲有力，从中可以看出诗人心情是相当愉悦的。"月下飞天镜，云生结海楼"，夜晚，江流平稳，月影入水，好似天上的明镜飞落水中；白天，云彩变幻，几如海市蜃楼。诗人在颔联和颈联中，以瑰玮的景色刻画了江之迥，天之高。"仍怜故乡水，万里送行舟"，思乡之情，别离之意，在此刻异常浓烈，取得了言有尽而意无穷的效果。此诗意境高远，风格健劲，长江浩瀚万里的气势在诗人的笔下异常壮观，这首诗体现了诗人极高的艺术成就。

静夜思

[唐]李白

床前明月光，疑①是地上霜。
举头②望明月，低头思故乡。

❈ 注释

①疑：似乎，好像。②举头：抬头。

❈ 译文

床前有明亮的月光洒下来，地上好像落了一层霜。我抬头仰望空中的明月，不禁低头想念起远方的家乡。

❈ 赏析

这首诗是李白二十六岁时所作，当时他正客居于扬州旅店，在一个月明星稀之夜，抬头看到天上圆圆的月亮，远方的家瞬间出现在眼前，从而引发内心的思念之情。这首小诗用字不多且简洁大方，与李白其他色彩鲜明、用词大胆、幻想跳跃的诗不同，它胜在自然朴素却又耐人寻味。李白这种简洁的手法是极自然的，它最能引起身处异乡者的共鸣：当一个人客居他地，到了独处的夜晚，一景一物皆容易引发联想。李白恰恰就是在这样月明星稀的清秋之夜里，看到天上的那轮圆月，才生发出对家人的思念之情。抬头为望月，低头为自思，而诗也这样自然而然地结束于诗人的深思遐想之中，真正应了"言有尽而意无穷"。

除夜①作

[唐] 高适

旅馆寒灯独不眠，客心何事②转凄然？
故乡今夜思千里，霜鬓③明朝又一年。

※ 注 释

①除夜：除夕夜。②何事：为什么。
③霜鬓：鬓发如霜一般白。

※ 译 文

　　旅馆中、寒灯下，孤独的我夜不能寐，是什么让客居他乡的人这
样凄苦呢？故乡的人在今夜一定在思念千里之外的我吧，我的鬓发已
白，明天早上又增加了一岁。

※ 赏 析

　　除夕夜是一家团聚、欢度良宵的日子。诗人开篇用"旅馆"二字
开头，写远离家乡，寄住于旅馆之中，且形单影只，独对寒灯，辗转
反侧，难以入眠。特定的简陋环境，直接决定了作者的"每逢佳节倍
思亲"，笼罩着一层孤寂清冷的氛围。第二句承上启下，是为上句中的
"独不眠"而问，也是为后文的抒情做铺垫。一个"转"字，旨在强调
作者今夜的心情与平时格外不同。"凄然"一词，更是直接倾吐出作
者彼时的情绪。第三句"故乡今夜思千里"采用了含蓄委婉的"对写
法"，来折射作者自己的感情。最后，诗人在"霜鬓明朝又一年"的感
叹中结束全篇，感叹生命短暂、岁月匆匆，引人共鸣。

诗词拾趣

请根据下面提供的字，写出四句诗。

暮	离	人	少	烟	老	是
大	乡	无	毛	日	江	愁
家	波	何	上	使	回	衰
小	处	音	改	关	鬓	乡

句1

句2

句3

句4

赠山中老人

[唐] 李端

白首①独一身，青山为四邻。
虽行故乡陌②，不见故乡人。

✿ 注 释

①白首：白头。②陌：田间的小路。

✿ 译 文

已是白头却还是孤身一人，只有青山可以当作邻居。虽然行走在通往故乡的道路上，却没有见到故乡的人。

✿ 赏 析

这是一首浅近的小诗。诗歌首句以"白首"开篇，照应题目，为我们刻画了一个老人的形象。"独"字奠定了感情基调，统领全篇情感，难掩时光流逝、人事沧桑变化之感。紧承首句，"青山"句进一步写出了山中老人的孤独与寂寞。三、四句达到情感的高潮，因思念家乡，所以归乡，走在归乡路上，盼望早日到家的心情跃然纸上，可是却不见故乡人，进而表达思亲的急迫心情及怅然若失的复杂情感。全诗语言简单质朴，传达出的情感却异常浓厚。

商山①早行

[唐] 温庭筠

晨起动征铎②，客行悲故乡。

鸡声茅店月，人迹板桥霜。

槲③叶落山路，枳④花明驿⑤墙。

因思杜陵⑥梦，凫⑦雁满回塘。

❋ 注 释

①商山：山名，在今陕西商洛东南。②征铎（duó）：车行时悬挂在马颈上的铃铛。③槲（hú）：一种落叶乔木。叶子在冬天虽枯而不落，春天树枝发芽时才落。④枳（zhǐ）：一种落叶灌木。春天开白花。⑤驿：古代道路沿途专供递政府文书的公务人员住宿的地方。⑥杜陵：地名，在今陕西西安东南，这里借指长安。⑦凫（fú）：野鸭。

❋ 译 文

早上起床，车马的铃铎已震响，起身踏上征程，远行的客人发出思念家乡的悲叹。月光笼罩在茅店上，草屋里传来鸡鸣的声音，板桥上落满秋霜，上面已有行人的足迹。槲叶落在山路上，枳花开在驿站的墙边。回想起昨夜梦见杜陵的美好情景，一群群鸭雁正在湖里嬉戏。

❋ 赏 析

这首诗是温庭筠在前往襄阳投奔徐商的途中所作，此时作者已五十多岁，饱尝了颠沛流离之苦，现在又要远行，心中自有无限惆怅。

首联扣住"早"字，点出了远行时间，古代由于交通不便，出行非常辛苦，所以"客行悲故乡"一句，引起了读者情感上的共鸣。颔联"鸡声茅店月，人迹板桥霜"是千古名句，这一联采用"意象叠加"之法，"鸡声"写听觉，"人迹"写视觉；将"茅店"与"板桥"合看，不仅造成视觉上的错落感，还让人仿佛听到了茅店外旅人的交谈声，板桥上清脆的马蹄声。再加上"月"与"霜"，整幅画面又笼上了一层朦胧的月色。颈联是描绘旅行在路上的景象。对"槲"与"枳"的描写更衬托了这春山的空寂，渲染了诗人旅途的寂寞。尾联由实入虚，以思乡之梦作结，梦中的故乡杜陵，回塘水暖，凫雁自得其乐，抽象的乡思被形象化了，让人从中体味到不尽的哀伤。

苏幕遮·燎①沉香

[宋]周邦彦

燎沉香，消溽暑②。鸟雀呼晴，侵晓③窥④檐语。叶上初阳干宿雨，水面清圆，一一风荷举。

故乡遥，何日去？家住吴门，久作长安旅。五月渔郎相忆否？小楫⑤轻舟，梦入芙蓉浦。

✳ 注 释

①燎：点燃。②溽（rù）暑：潮湿的暑气。③侵晓：拂晓。④窥：观看。⑤楫（jí）：船桨。

✳ 译 文

点燃沉香，去除闷热的暑气。鸟雀呼唤着晴天，拂晓时我就看到它们在屋檐下窃窃私语。太阳初升，阳光照在荷叶上，雨露在阳光的照射下渐渐褪去，水面上的荷花清润圆正，微风吹过，荷叶一一舞动起来。

什么时候才能离开此地回到遥远的故乡？我的家在江南一带，我却长久地客居长安。五月的家乡啊，儿时一起钓鱼的渔郎可还记得我吗？在梦里，我轻轻拨动船桨，滑动小船，进入了荷花塘。

✳ 赏 析

词人在上阕选取了夏季特有的景物来描写，从闷热的天气写起，顺势写了鸟儿的窃窃私语，温煦的阳光，风下攒动、错落有致的荷叶，俨然一幅清新优美的夏日风光图，带给人无限的惬意之感。"叶上初阳干宿雨，水面清圆，一一风荷举"，从不同的角度描写了荷叶的摇曳生姿，立体感极强，静中有动，极言荷之曼妙，堪称描写荷之典范。下阕在上阕写景的基础上开始抒情，点明了故乡的遥远，何时能够回去？"吴门""长安"两相对照，尽显思乡之迫切，进而梦回芙蓉浦，家乡五月的渔郎可还记得我？思归之情表现得淋漓尽致。以梦作结，留给人无限的遐想。

菩萨蛮·风柔日薄①春犹早

[宋] 李清照

风柔日薄春犹早，夹衫乍著②心情好。睡起觉微寒，梅花③鬓上残。

故乡何处是，忘了除非醉。沉水④卧时烧，香消酒未消。

注释

①日薄：早春的阳光很和暖。②乍著：刚刚穿上。③梅花：这里指插在鬓角的春梅。④沉水：沉香。

译文

风声柔和，阳光微弱，春天尚早，穿着两层的夹衫，我的心情大好。睡醒起身微觉寒冷，鬓上插的梅花已经残落。

我思念的故乡在什么地方？只有在醉酒时才能忘却。睡前点燃的沉香，此时香气已消散了，可我的酒气还未消尽。

赏析

这首词是李清照晚年的作品，叙写了深切的思乡之情。上阕词人在娓娓道来中，通过对自然景物的烘托，刻画了一个早春时节里睡醒后疏懒闲适的主人公形象。“夹衫乍著心情好”可见词人心情大好，却也在“春犹早”“觉微寒”“鬓上残”的描写中隐隐地蒙上一层淡淡的愁思。但基调仍是欢愉的，可是下阕却笔锋一转，我的家乡在哪里？词人时刻不能忘记，情绪顿起波澜，感情跳转到思乡上来，尽显惆怅之情。语言风格十分含蓄、委婉。因为不能忘，所以就想要忘却，所以不想酒醒，想要沉醉，借酒来言情，正所谓酒之深，愁之重。上阕写喜，下阕写悲，两相对照中巧妙地叙写出词人难言的思乡的惆怅。

月夜

[宋] 陆游

小醉初醒月满床，玉壶银阙①不胜凉。

天风忽送荷香过，一叶飘然忆故乡。

✵ 注释

①银阙（quē）：指代明月。

✵ 译文

微醉刚刚醒来，月光透过窗户洒在床上，酒壶和明月有说不尽的凉意。微风忽然吹送来荷花的缕缕清香，落叶也飘然而至，我顿时思念起故乡来。

✵ 赏析

这首诗很简短，但言简义深。"小醉初醒月满床"写月光洒满床铺，渲染了凄凉冷清的氛围，也暗含诗人的孤独与寂寞之情。"玉壶银阙不胜凉"写明月的凉意，进一步写了诗人在酒醒后的感受，因心里凄凉，所以也顿感事物之凄凉，可谓是一语双关。"天风忽送荷香过，一叶飘然忆故乡"，天风从远处送来的荷花馨香，更激起了我对家乡的思念之情，"忆"字直抒胸臆，表达了对故乡的殷殷思念。

用萧敬夫①韵

[宋] 文天祥

庭院芭蕉碎绿阴，高山一曲寄瑶琴。

西风游子万山影，明月故乡千里心。

江上断鸿②随我老，天涯芳草为谁深。

雪中若作梅花梦，约莫孤山人姓林③。

❋ 注 释

①萧敬夫：号秋屋，永新人，是文天祥的诗友。后来跟随文天祥起兵，与弟弟一起为国捐躯。②断鸿：离群的孤雁。③林：林逋，北宋诗人，字君复，号靖和先生，喜爱梅花，在西湖旁的孤山隐居。

❋ 译 文

庭院里的芭蕉片片新绿，瑶琴演奏着高雅的曲调。西风下游遍千山万壑，明月千里遥寄思乡之情。江上孤雁随我老去，天涯芳草为谁长得这么茂盛？梦里梅花在雪中开放，在山中邂逅了林逋。

❋ 赏 析

诗首联首句，以"绿阴""芭蕉"简写"庭院"，着意营造了一种孤独清幽的氛围；次句写了寂寞庭院中轻抚瑶琴弦，感受高山流水曲调之优雅。颔联写在西风中足迹遍及万山，明月下举头遥思故里。无形之间，便平添几许惆怅。颈联顺脉而抒怀才不遇之悲。之所以羁旅异乡、闲奏高山之曲，是因为知音不得、怀才难遇。芳草虽好，却不知为谁而深；孤雁离群，哀鸣江上为伴。尾联两句，顺脉而下，抒的是淡泊归隐的心绪。"雪中若作梅花梦，约莫孤山人姓林"，以梅花为引，将傲岸之情操、高洁之胸怀、淡泊之心志淋漓尽述。

诗词拾趣

　　爱国是美好的情怀，也是诗词中常见的主题，或赞大好河山，或抒爱国之志，或忧家国命运。你能把下面诗人的名字和相关诗句连起来吗？

文天祥　　　王师北定中原日，家祭无忘告乃翁。

岳飞　　　　人生自古谁无死，留取丹心照汗青。

屈原　　　　三十功名尘与土，八千里路云和月。

陆游　　　　长太息以掩涕兮，哀民生之多艰。

黄昏

咏怀古迹五首（其三）

[唐] 杜甫

群山万壑赴荆门，生长明妃①尚有村。
一去②紫台③连④朔漠⑤，独留青冢⑥向黄昏⑦。
画图省识⑧春风面，环佩⑨空归月夜魂。
千载琵琶作胡语，分明怨恨曲中论⑩。

✳ 注释

　　①明妃：即王嫱，字昭君，汉元帝时宫女，后被送到匈奴和亲。西晋时避司马昭讳而改称明妃。②去：离开。③紫台：紫宫，汉宫名。④连：这里是联姻的意思。⑤朔漠：北方沙漠之地，这里指匈奴所在地。⑥青冢：指王嫱的坟墓。⑦向黄昏：指王嫱的坟墓凄凉冷落。⑧省识：指约略地看。⑨环佩：古人衣带上系的玉佩，这里指昭君。⑩曲中论：乐曲中抒发感情。

✳译文

连绵起伏、成千上万的山峦像是要奔赴荆门一样，王昭君生长的村子尚且还在。离开紫台去往北方的大漠，却只留下长满青草的陵墓独对着黄昏。君王通过画图来识别你的容貌，月夜下环佩叮当作响，似乎是你的灵魂归来。你所弹奏的琵琶乐曲千年来为人所传诵，从乐曲中分明能感受到你的怨恨。

✳赏析

这是一首咏昭君的诗。诗歌首联描绘昭君故乡的自然环境，用一个"赴"字写出丛聚在三峡一带的山岭势若奔驰的生动姿态，很有气势。随即感叹王嫱人逝村存，点出题意。颔联紧接人逝村存之意，竭力渲染昭君生前及死后的凄凉。颈联先讲汉元帝的昏庸，后写昭君不忘故土，魂魄夜归。这里用一个"空"字，突出昭君遗恨之深，并深寄诗人的同情。尾联以琵琶乐曲将昭君的怨恨传之千载收束全诗。诗借古讽今，借咏昭君来抒发感慨，写得含蓄委婉，耐人寻味。

诗词拾趣

我国古典乐器主要有古琴、笛子、琵琶、二胡、古筝等，这些乐器名称也经常出现在诗词中，你能填写出下列诗句中的乐器名称吗？

1. 千呼万唤始出来，犹抱 ☐☐ 半遮面。

2. 谁家玉 ☐ 暗飞声，散入春风满洛城。

3. 二十四桥明月夜，玉人何处教吹 ☐ 。

4. 独坐幽篁里，弹 ☐ 复长啸。

5. 中军置酒饮归客，☐☐ 琵琶与羌笛。

代赠（其一）

[唐] 李商隐

楼上黄昏欲望休①，玉梯横绝②月中钩。
芭蕉不展丁香结，同向春风各自愁。

❋注 释

①休：停止。②横绝：横断。

❋译 文

黄昏时分登上高楼欲望还休，楼梯横断，思念的人无法前来，直到一弯明月如钩。芭蕉的蕉心紧裹不开，丁香也郁结不解，它们一起在春风中展示着各自的忧愁。

❋赏 析

诗歌首句一个"望"字交代了主人公的主要活动，女子独自在黄昏时分来到高楼之上，向远处瞭望。诗人选择"黄昏""高楼"两个意象，渲染了一种凄清的氛围，揭示了主人公此时的心理状态，想要见自己思念之人，却又停下来。"玉梯横绝"是说心上人不能前来，只能止步。索性仰望观月，月如钩，一弯残月，人事不能尽善尽美，不能与思念之人相见，进而低头看到了芭蕉与丁香，这里的芭蕉是蕉心不展的芭蕉，丁香也是花蕾缄结不开的丁香。那芭蕉仿佛就是情人，丁香仿佛就是自己，芭蕉有不能舒展的愁情，丁香也有万分愁绪。诗人借景抒情，意境优美，含蕴无穷。

登乐游原①

[唐] 李商隐

向晚②意不适③，驱车登古原。
夕阳无限好，只是近黄昏。

❋ 注 释

①乐游原：在长安东南，地势高，登原可以望长安。汉宣帝曾在此地建乐游苑，故名。②向晚：傍晚。③意不适：心情不舒畅。

❋ 译 文

将近傍晚的时候，我觉得内心不太舒畅，于是驾车来到乐游原。这夕阳是多么美好啊，可惜已经接近黄昏时分了。

❋ 赏 析

李商隐生于晚唐，尽管他胸怀抱负，却不得施展，所以内心不免有一种感伤之情。乐游原地处长安的东南方，一登古原，全城尽览。题目中的"乐游原"本是一处庙苑，应称"乐游苑"，创建于汉宣帝时，只因地势轩敞，人们遂以"原"呼之。诗人登古原，是为了排遣他此际的"向晚意不适"的情怀。前两句交代了登古原的原因和时间，后两句先赞美夕阳的绚烂美好，继而笔锋一转，感慨落日余晖虽美，时间已近黄昏。既是对眼前美景的惋惜，也是对自己、对时代由内心而生发出的感慨。

春愁

[唐]韦庄

自有春愁正断魂，不堪^①芳草思王孙。
落花寂寂黄昏雨，深院无人独倚门。

❋ 注 释

①堪：忍受，承受。

❋ 译 文

原本心中就有许多春愁让人哀伤，更加不能承受对远方离人的思念。黄昏时，雨纷纷，花朵寂寞地飘落，只有我在无人的深深庭院中独倚着房门。

❋ 赏 析

伤春是古诗中常写的主题。诗歌开篇一个"愁"字奠定了本诗的感情基调。主人公在暮春时节心中极度哀伤，接下来交代了主人公之所以"断魂"的原因——思念远方的人，以至于无法去欣赏春日里的百花和茂盛的草木。能入眼的是"落花""黄昏""雨"，而这些意象更加渲染了凄凉的氛围。一切景语皆情语，借景抒情，主人公的孤独寂寞之情跃然纸上。后两句把这种情感更加形象地表现出来了，我们仿佛看到了主人公无人陪伴、独倚房门、相思成病的孤寂形象。诗歌语言流畅，感情真挚。

山园小梅二首（其一）

[宋] 林逋

众芳①摇落②独暄妍③，占尽风情向小园。
疏影横斜④水清浅，暗香浮动⑤月黄昏。
霜禽⑥欲下先偷眼，粉蝶如知合⑦断魂。
幸有微吟⑧可相狎，不须檀板⑨共金樽⑩。

✳ 注 释

①众芳：很多花。②摇落：风把它们吹下来。③暄（xuān）妍：漂亮美好。④疏影横斜：梅花稀稀疏疏，枝干在水中的倒影。⑤暗香浮动：空气中飘浮着梅花的幽香。⑥霜禽：一指"白鹤"；二指"冬天的禽鸟"，相对于下句中夏天的"粉蝶"。⑦合：应该。⑧微吟：轻声歌唱。⑨檀板：演唱时用的檀木拍板。⑩金樽：奢华的酒杯。

✳ 译 文

百花凋零，只有梅花艳丽绽放，独领小园风情。清浅的河水中倒映着梅花稀疏的影子，黄昏中、月光下，浮动着缕缕清香。禽鸟飞来落下先要偷看一眼梅花，蝴蝶如果知道梅花的艳丽也会销魂痴迷。幸运的是我能吟咏梅花并与之亲近，不需要檀板歌唱与金樽助兴。

✳ 赏 析

诗开篇便说"众芳摇落独暄妍，占尽风情向小园"，诗人不讲梅花之美，不讲梅花之艳，只说它与众不同，说它占尽风情，这种独特的描写将梅之高洁、宁静，表达得唯美至极。而接下来的"疏影横斜水清浅，暗香浮动月黄昏"句，所刻画的是梅之轻盈、妩媚的"身姿"之美，所传达的是梅之气质、韵味之态。从尾联"幸有微吟可相狎，不须檀板共金樽"句中可看出诗人的雅趣，他庆幸自己还有这样的清雅之才，可以对着梅花轻吟诗句以共玩。从整首诗来看，其中并未提及一个梅字，但那形、那韵、那味、那美却又非梅花而不能比拟。

诗词拾趣

宋代有位诗人，他隐居在杭州孤山，终身不娶，植梅养鹤，把梅花当作妻子，把鹤当成儿子，留下了"梅妻鹤子"的佳话。你知道他是哪位诗人吗？

□ A. 苏轼　　□ B. 林逋　　□ C. 陆游　　□ D. 辛弃疾

点绛唇·红杏飘香

[宋]苏轼

红杏飘香，柳含烟翠①拖轻缕。水边朱户②。尽卷黄昏雨。

烛影摇风，一枕伤春绪。归不去。凤楼③何处。芳草迷归路。

①烟翠：青色的
烟雾。②朱户：红色
的门窗。③凤楼：指
女子居住的小楼。

＊译 文

红杏绽放，飘来
缕缕馨香，杨柳绿了，
如烟如丝。女子住在
水边的红门屋子里。
她抬眼看处，只有黄
昏时节雨纷纷。

烛影随风轻摇，
满心伤春愁绪。回也
回不去。她现在在何
处呢？芳草萋萋，我
已找不到回去的路。

＊赏 析

这首词主要表达
的是伤春念远之情。
词人开篇即向我们
展示了一幅优美绚
丽的春景图，写了
杏花的艳丽、杨柳

的婀娜，极言春日之美好，意在烘托所想之人的美好形象。"水边朱户"写出了所想之人的所居之地，在这样的环境背景下，人物形象展现在我们面前，一"卷"一"看"尽显人物的动态，但伊人所看到的只是黄昏雨，不免愁情顿生，相思之情顿起。下阕"烛影摇风，一枕伤春绪"写出了词人烦乱的心绪。一个"归"字点明伤春之原因，可是回不去，但即使是"芳草迷归路"也要归，可见愁之深，念之切。

诗词拾趣

诗词中的色彩给诗词带来了更强的画面感，你能给下列句子加上恰当的表示颜色的词语吗？

1. 碧玉妆成一树高，万条垂下 □ 丝绦。

2. □ 了樱桃，绿了芭蕉。

3. 两岸 □ 山相对出，孤帆一片日边来。

4. □ 梅时节家家雨，青草池塘处处蛙。

5. 日出江花红胜火，春来江水绿如 □ 。

6. 等闲识得东风面，万 □ 千红总是春。

7. 赤 □ 黄绿青蓝紫，谁持彩练当空舞？

蝶恋花·蝶懒莺慵春过半

[宋] 苏轼

蝶懒莺慵春过半。花落狂风，小院残红①满。午醉未醒红日晚，黄昏帘幕无人卷。

云鬟鬅松②眉黛浅。总是愁媒③，欲诉谁消遣。未信此情难系绊，杨花犹有东风管。

✳ 注 释

①残红：凋落的花朵。②鬅（péng）松：蓬松。③愁媒：引起愁绪的媒介。

✳ 译 文

春天已经过去大半，蝴蝶和黄莺都有些懒意。狂风吹过，花落满院。傍晚红日西斜，午醉未醒，帘幕无人卷起。

鬟发蓬松，眉黛浅淡。所有景物都成了愁的媒介，想要倾诉却无人可说。不信此情无人牵系，你看那杨花尚还有东风的管束。

✳ 赏 析

上阕词人描写了仲春的一个傍晚。"蝶懒莺慵春过半"，用"懒"与"慵"形容蝴蝶与黄莺，将仲春时节的懒散清闲的特点勾画出来。

"花落狂风，小院残红满"，狂风不解风情，将残花卷落，余下残红铺满小院。词人巧妙地将笔触从仲春时节转移到主人公所居住的小院，从而顺理成章地引出午醉未醒的主人公。"午醉未醒红日晚，黄昏帘幕无人卷"，在这寂寥的小院中，无人为她卷起黄昏时分的帘幕。下阕词人将笔墨全部转移到了女主人公身上。先写外貌，"云鬟髻松眉黛浅"写少女的慵懒倦怠，可见她内心的万千愁绪。"总是愁媒，欲诉谁消遣。未信此情难系绊，杨花犹有东风管"，这满眼的仲春景象，尽将无边愁绪挑逗起。可是即便内心哀愁不已，想要向人倾诉，却没有一个人愿意倾听。此时，少女倔强道，不信这情绪便没个着落，你瞧，飘扬的杨花犹有东风管束。在女主人公眼中，自己连杨花都比不上。这份沉重的悲凉，令人读来不忍叹息。

卜算子①·咏梅

[宋]陆游

驿外②断桥边，寂寞开无主。已是黄昏独自愁，更着③风和雨。

无意苦争春，一任群芳妒。零落④成泥碾作尘，只有香如故。

✿注释

①卜算子：词牌名。北宋盛行此曲，万树《词律》以为取意

于"卖卜算命之人"。双调四十四字。②驿外：驿站旁边。③着（zhuó）：遭受。④零落：凋谢。

❋ 译 文

在驿站外的断桥边，梅花寂寞地开着。黄昏时分无所依着，独自愁苦，却又要经受风雨的摧残。

没有打算去争奇斗艳，任凭百花嫉妒。即使风吹雨打而落，被碾入尘土，依然散发着缕缕清香。

❋ 赏 析

词的上阕首先告诉人们这梅花所处的环境、植根的地方，是在荒凉的驿站旁边、断桥之侧。梅花在这里开放，没有多少人会去欣赏它，何况它还是无主的野梅。"已是黄昏独自愁，更着风和雨"，词人看到这梅花的时候，又是在一个风雨交加的黄昏，词人用浅近的语言将梅花的处境进一步渲染得凄凄惨惨、冷冷清清。梅花的这种悲惨遭遇，恰恰是词人自己人生遭际的真实写照。"无意苦争春，一任群芳妒"，词人这两句明写梅花，暗含的意思是自己并没有意愿去和权贵们一争高下，但是依然受到了权贵的打击和排挤。面对这种排挤，词人如同梅花一样坦然面对，淡泊自守，与世无争，任凭他人嫉妒也无所畏惧。"零落成泥碾作尘，只有香如故"，这驿站边的梅花，即便飘落下来，落入这驿路上的尘土中，被来往的车辆碾作灰尘，化为泥土，它的芳香也依然存在，不会因为这种景况而放弃自己的气节，这里梅花就是词人的人格化身。

画中诗，诗里画

诗中有画，画里藏诗。考眼力的时候到了，你能根据提示的关键字，写出藏在图画里面的三联古诗词吗？

垂

胜

戏

诗词拾趣

(相思)

P6

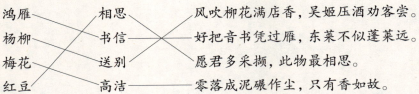

鸿雁 —— 相思 —— 风吹柳花满店香，吴姬压酒劝客尝。

杨柳 —— 书信 —— 好把音书凭过雁，东莱不似蓬莱远。

梅花 —— 送别 —— 愿君多采撷，此物最相思。

红豆 —— 高洁 —— 零落成泥碾作尘，只有香如故。

P16

1.B 2.C 3.A

(明月)

P22

1.春 夏 2.春 春 3.冬 春 4.秋 秋

P30

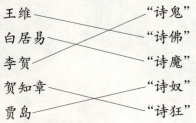

王维 —— "诗鬼"

白居易 —— "诗佛"

李贺 —— "诗魔"

贺知章 —— "诗奴"

贾岛 —— "诗狂"

(江南)

P43

1.扬州 2.杭州 3.南京 4.苏州

春 风

P54
1.桂花 2.荷花 3.菊花 4.牡丹

P59
D

P66
句1：草长莺飞二月天　句2：拂堤杨柳醉春烟
句3：忽如一夜春风来　句4：千树万树梨花开

故 乡

P78
句1：少小离家老大回　句2：乡音无改鬓毛衰
句3：日暮乡关何处是　句4：烟波江上使人愁

P86
文天祥　　　王师北定中原日，家祭无忘告乃翁。
岳飞　　　　人生自古谁无死，留取丹心照汗青。
屈原　　　　三十功名尘与土，八千里路云和月。
陆游　　　　长太息以掩涕兮，哀民生之多艰。

黄 昏

P89
1.琵琶 2.笛 3.箫 4.琴 5.胡琴

P94
B

P96
1.绿 2.红 3.青 4.黄 5.蓝 6.紫 7.橙

画中诗，诗里画

P36
把：
明月几时有？
把酒问青天。

出：
明月出天山，
苍茫云海间。

杏：
杏花疏影里，
吹笛到天明。

P100
垂：
蓬头稚子学垂纶，
侧坐莓苔草映身。

胜：
日出江花红胜火，
春来江水绿如蓝。

戏：
江南可采莲，
莲叶何田田，
鱼戏莲叶间。

选题策划：陈丽辉

文稿整理：刘阿迎　木　梓
　　　　　高　美　林文超
　　　　　吴　峰　袁子峰
　　　　　邓　婧　李旻璇
　　　　　张丽莹

特约编辑：于海清

版式设计：段　瑶

排版制作：刘晓东

封面绘制：厚　闲

插图绘制：深圳画意文化